裡面的裡面

朱嘉漢

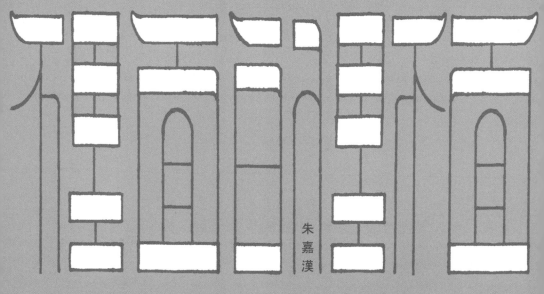

CONTENTS

第一章

把自己折疊的男人

他一直想要拯救的那個人已經被抹去了。

像是將玻璃窗上的半透明污漬、雨水流過後宛若溪川的細痕、鴿子屎，用抹布沾點水輕輕擦掉後的樣子。乾淨得如同因擦拭而留下來的痕跡比他們刻意為之的多。他知道同志們都有徹底的覺悟了：他們將留下的，並不是存活過的痕跡，而是被抹去的痕跡。他的同類們，關係始終游離，充滿了衝突、不信任、背叛與密報。只是在最後，以完美的技術抹拭乾淨，成了共同的命運，雖然無緣知曉，但也不重要了。

他仍有一點點不甘心，想大聲對誰抗議一下。等在面前的，怎會是全然背離他們所願的死。即使他們仍然年輕，但命運使然，他們看待前幾年的革命歲月猶如前世蒼老。

他們等待。死，本該如武士切腹。他，以及他的朋友們，充滿奇想地企盼這種形式的死亡。因其乏味，才有條件在那一切的行動裡，專心地製造死亡。他們在想像中，練習能夠每次都召喚出精確無比的想像畫面與細節。切腹是最無言的死，因為他認為所有的思考或是語言，存在著不得不呼應的黑暗。那是人的存在在面對難以承擔的黑暗時的吶喊。切腹這樣無須言語，甚至扼殺言語的死，如此光明。光明得像是直視烈日。

不怕孤獨的他們，卻怕極了孤獨的死。他們暗中交流，以化名與暗號，互相帶著假面打交道時，也許都想過他們是怎樣的以死誓盟。他們的命，如此朝不保夕，不殃及親友已是萬幸的有罪之身（儘管大部分的他們，甚少真正傷害過任何人）。生死互繫，產生一種錯覺：

每一回任務的完成，躲過眼線後，都感覺自己的命是被拯救的。於是，與理智不相符地，他一次次投入、以身犯險，皆感到救贖。原來該死的那條命，被上天允諾多延長一些。久了，命感覺是偷來的。直到死亡到臨，才能卸下責任，完成最後的任務。

一個人的犧牲，與另一個人的承繼，啊這宇宙裡無盡地沉默地被奴役的我們啊，這樣代代相傳。這族類，受思想毒害之人，妄想著走在人類命運的前端，以自身死換取，不，是下注，賭那他們無權享用的未來。這讓他們有安心感。因為踏上這條路，多半都不是他們自己選擇的。沒有人強迫，可總是太晚察覺自己已經在這條路上。祕密發芽，細絲朝向四面八方，你不知道如果選擇切斷關係，會留下多少把柄在他人手上。他們彼此不去談論動機，沒興趣知道亦無打算讓人知道為何參與革命事業，他猜測真正的原因，大家都是一樣的。其實根本沒有確切的時間點與動機，慷慨激昂所說的理由只是藉口，他總感覺像是抽到一個比較不好的籤，在野球場上站在一個他不想待的位置，等著球朝他不懷好意地飛過來。

他想，至少，他應該有權利選擇怎樣的死。其實，過去除了組織開會必要表演的激烈陳詞之外，點燃熱血燒毀理智的儀式後，他內心裡甚少有仇恨的，不管是對日本人，或是對於階級。他僅僅以最單純的方式去相信，反抗就是歷史推動的方式，終有一天是由歷史上受壓迫者的後裔來接管世界。那世界不見得更好，然而沒有革命或抗爭的需要了，或許有思想的人就可以做點別的事了。以至於，他單純以為，面對形象模糊的敵人，喊著要打倒的敵人們，敵強我弱的態勢既然如此明顯，而他們注定不見天日，且妻離子散、顛沛流離，那麼，至少他們這群渺小的生命，該有權決定該怎麼死。例如可以尊嚴一點，體面一點，面對行刑者與圍觀的群眾，他可以暢所欲言。被取笑也好，被同情也好，被咒罵也好，被忽視也好，至少那樣的舞台上，他可以安然給出自己的生命。

直到他發現世界變動得如此快，走了一批統治者，卻來了另一批。這時已經無法分辨敵人或目標，因為他們不再匿蹤。他們依然是絕對的劣勢，卻遭到天羅地網的拘捕。他們大多數人在十幾年前就坐過牢，早在那時，他們的革命希望已被澆熄。這回，全島大屠殺，他們這群過去的共產黨人，再度成為目標。這回，不再是摧毀組織與改造思想那麼簡單。他身邊的同伴一一消失，不知道是被抹去，還是順利逃亡都無從得知。

這情勢與過往不同，他們的死實在太輕了。輕，而且無比孤獨。他人的死，或精確來說是消失，讓他感到無比孤獨。

他才突然開始惶恐，羞恥地向家人求助。於是開始那猶如影子般扁平的折疊生活。也是那時候開始，他才知道時間是具體的、甚至可觸的，只是我們就像每個奢侈的呼吸者，沒有察覺到空氣是多大的恩賜。他把自己折疊，壓平，再折疊，在夜深人靜時，也幾乎聽不到自己的呼吸聲，只有一顆心臟怎樣也跳不停，吵得他時常失眠。他學會緩緩地讓尿意流出，在龜頭打開的小小縫隙，用尿壺接著不發出聲響。他把一切動作化作最簡，漸漸縮著，變成一顆蛋，等待哪天把自己孵出來。他與想像的聲音對話。他感覺，自從進入這靜止的逃亡時間後，已經失去言說的能力。他練習很久了，假如有一天再度深陷囹圄，要保持意志，以沉默的方式，在自己的腦袋裡創造最大的自由。他將會決定絕食，同時用思考把自己餵滿，然後在行刑槍隊面前，徹底藐視死亡。他沒想過日本會真的戰敗，在面對這敵人時會如此懼怕。也沒想過，他在怯懦之下會躲在大姊家的閣樓裡，思想跟存在一樣，輕易的在被逮到之前就自行抹去了。他的思想、信念、夢想、骨氣，就像陰暗裡流出的尿液，緩緩地流掉了。

他認識到，這是屈辱的形式。

那時他聽到風聲，原來匆匆召集的凌亂組織就地鳥獸散。他一路躲藏，像個行走的瘟疫，驚擾他認識之人。他發現，在轉瞬間，熟識者皆成陌生人。他在這世間已被放逐。記憶裡的家鄉不是這樣的。他才注意到，放眼望去，街道上，家家戶戶大門緊閉，連窗口都不留隙。他沿著山林的邊緣走，迷途地繞行到新竹。在巷口等到深夜，小心翼翼地敲了大姊出嫁後所住的朱家大門。

大姊應門，像是早有準備。她接納了他，一點慌亂的感覺也沒有。當然可能完全不是這麼回事。現實窘迫，像是被虎狼前後包圍，此時救助者除了伸手，被救助者除了緊緊抓住，別無他法。也許這是一連串的災難的開始，也許他會連累家人，也許他會被告發。他沒有機會去交待細節了。譬如他所犯的罪、他敵人可能會以怎樣的方式逮住他、若是不幸被抓住了會怎樣地連累到窩藏他的人。他甚至不確定大姊究竟知情多少。她怎麼看待他的呢？這一切無從確認，猶如暗中走鋼索，一不留神便是深淵。

他被大姊領上樓梯，塞進閣樓，來不及探問姊夫（保守的姊夫會同意收留自己嗎？）。只有在微光中，回頭瞥見幾年前從日本讀完商科的外甥探出頭來，那俊秀的眼眉透露出哀戚。他想，他們應該都知道會發生什麼事了。有一種知識是關於未來的。你不了解過去的始末與細節，也未必清楚現況的輪廓，可是對於即將到來的命運，卻是無比清晰。猶如在屠宰廠待宰的豬隻。

於是他被快速收納在一個猶如原來就準備給他的空間。失去陽光，仍舊有個空間容納他。不管多麼卑微，有空間，便可存活。有空間，就有容納存在的可能。他識相地像個物品，就像大姊的家來來去去搬運的貨物，收納在閣樓的小空間中。

他感覺自己比鬼魂還輕，人的走動、行經，連根寒毛都撼動不起。事實上他人生大部分的時光都在險境，隨時繃緊神經，在零點幾秒間作出決斷，以延長一點那卑微如欲熄燭火般的生命。他是最好的偽裝者，最大的欺騙者。

他曾經與出生入死的兄弟分別被逮，在警察毆打逼問中，仍沒有吐出一句洩漏自己身分與任務的話，沒留下一點會連累到組織與同志的線索。在他們幾乎失去意識全身傷口像火燒著，臉腫得只留下一瞇瞇縫可以模糊觀看時，他們被帶到彼此身邊。他不知道怎樣的招供可以使他與夥伴全身而退，或是命運之錘早已落下，但即使到那個時候，他仍然對著警察說：「不，我不熟識伊。」或在判刑的時候，不受任何減刑的誘騙，內心毫無動搖。他的硬骨連日本人都敬畏，在法庭上，一個字也不吐露。在同志們紛紛向殖民官宣誓效忠，放棄信仰時，只有他與黨內的死對頭謝阿女堅持不「轉向」。

內心底，他，並無意圖要繼續前行。只是想留在原地。在歷史的沖刷如浪中，他只想多堅持一點，於是沉默是最好的選擇。

他也曾在日本的組織領導者突然過世時，立刻決斷如何處理黨內的紛爭，毫不留情與昔日夥伴翻臉。他知道，為了讓組織的路線正確只是表面理由。會反目成仇，黨內相殘，對立的兩端不過是同樣的心思：如果不裁決，將會全軍覆沒。所以這個匆促成章的黨，必然決裂失散，感覺像是突然死了、弱了、散了。可是他暗地裡總覺得這是這個黨的宿命，跟這個島一樣。黨的分裂不是某種衰落，或是遺憾，那更像是某種策略，為了生存、留一口氣的祕密協定。

他與謝阿女之間一定要有個輸贏，有個是非。不分裂，不能存活。必須選擇，或必須把彼此的命下注，然後被選擇。

不過當時還是遲了一步，永遠地。組織的分崩離析，依舊只是分頭被追捕，紛紛被殲滅。他才知道，作為一個這塊小島上的住民，沒有任何真正的盟友與後盾。僅僅只能榨取自己的利用價值，在複雜奇詭的棋盤上當個隨時可能被捨棄的棋子。

他後來稍微懂了，至少接受了，要給予這條命、走在這條崎嶇道路的這條命任何一點希望與意義，須建立在絕對的否定上：對於現狀的否定，對於身分的否定，對於國家的否定，對於個人幸福的否定，對歷史的否定，對命運的否定。如果打算擁有幸福，那麼是不可能走向這條路的。否定，盡可能地，走到地平線外。像是渴求被救贖般的渴求毀滅、渴求絕望。

他曾經那麼堅毅過。那時的他很幸福，大家愛著他，保護著他，即便他所有思想與作為，簡直像是把自己當作一顆雞蛋往高牆直扔。但他還是求饒了，奇怪的是他並不害怕肉身的苦刑。他有種意志，像是希望的東西。與革命情懷滿溢的希望不同（如前面所述的能夠否定一切，抵擋一切誘惑的至高希望），那希望僅僅是無比幽微，自私，甚至下流的慾望了。那是性愛千萬回後肉體再也提不起任何慾望時還悄悄流洩出的一些貪婪，那是死到臨頭還貪圖的微小享受。於是，那逃離與躲藏的慾望以及伴隨著這種怯懦、自責、羞恥感，竟給他一種無比舒服的快感。終究，這絕對的否定，被他至高的輕率行動給推翻了。他最成功推翻的，是革命本身。至此，他的確認了，連有尊嚴的死，都沒有資格要求。

那一天，他突然地，在兩坪大的閣樓裡，天光剛亮時，看清楚周遭的，無數的小塵埃。

他原本以為自己已經退無可退，是一個人苟且生存的底限了。他瞬間有一股非理智的衝動，甘願犯下足以令一切前功盡棄並連累親友的風險，在春天第一道風吹拂之時，推開一小縫的天窗。

習慣黑暗的雙眼像灼傷般疼痛，淚滴順著乾裂的臉頰落下。他用手掌承接眼淚，接不下的，皆散落在地。模糊的視線，經過多日的黑暗，第一次仔細觀看，並記下空間裡所有「訊息」（這是長期執行任務中學會的）。他悲傷發現，四周圍著的，是薄薄的塵埃，如幼獸醫細毛。即使是生死一線的悲慘狀態，他覺得在面對那群來抓他的人面前，仍然該保持某種氣度。像是主人招待客人，即便來者不善，也要宣稱：「這裡，是我的土地，尊嚴不容侵犯。」然而此刻，他發現，在這偷來的陽光裡，所見的，盡是塵埃。儘管春光乍現之中，猶如雪。此生，也許再也沒有一個印象可以取代此。可以說，那一眼，決定了他此生最後的風景。

在這景致面前，他惆悵地想著，也許在百年後，一個再也無法逆轉與鬆動的穩定社會，所謂太平盛世裡，任何革命的火苗全盤覆滅的時代，將會有個遙遠的後代問起關於他的事。那位他無緣認識的子孫，將透過不可靠的線索，粗糙虛構起他的人生。書寫者子嗣將自己的浪漫情懷，投注在想像他短暫的理想與熱情，胎死腹中的冒險行徑，注定而彷彿無畏的前行姿態。那位書寫者可能要過許久以後，在文字裡將他重生之後，才會驚覺，他能被寫出來，是因為他的空白。他的空白，不占記憶，只是後生不願意特別提到的名字、不存在的父親與丈夫、在一個微不足道的組織裡的人物，才是他喚起注意，值得一書之處。他亦想到，也許這是他能私自保有「剩餘價值」了。以他的缺席為條件的，屬於他的剩餘價值。

他想想這樣甚好，人生若是一場徒勞的勞動，一切的血與汗皆是被統治階級取走。作為曾短短走過這世間的人，一生所為與所傷，在塵埃落定的好幾代之後，有人拾起他的故事，也不枉了。他找到了一個屬於自己的悖論，發生在這副軀體上：他將視為無價值之物被抹去，而那痕跡是他唯一留下的線索。正因為這樣，他這一世僅有的價值，才能躲過那天羅地網。他不奢求流芳百世，只求剩下那麼一點，等待著將來的書寫者理解。「理解」，他琢磨了很久，雖然沒有紙筆，還是像是落款一般慎重，在心裡面輕輕放上這兩個字。

他想，在這世間，隨時會熄滅的生命當中，要尋求任何理解都是不可能的。日本人不可能，國民黨不可能，黨內同志也不可能。同志，除了共同要面對的刑罰與死亡之外，他們從建立之初，就不擁有任何的相互理解。何況，同志是誰呢？在面對蘇聯共產黨、日本共產黨、中國共產黨，他們小小的組織就足以分崩離析。

想到這裡，他覺得自己好像有點「理解」了。他過去一直不願多想，他與謝阿女之間為何始終水火不容的原因。現在，在塵埃的包圍之中，人的生存只剩下一個自己才能知曉卻無從證明的剩餘價值時，他領悟到，他與謝的誤解，或更多的誤解，並不是彼此之間的問題。

僅僅是，他們的命運，就必須一個是矛，一個是盾。謝在那個位置，他就得選擇另一個。他猜想，謝，也會明白這件事。因為他們皆是誠實之人，皆是願意奉獻自身之人，才會彼此誤解。如果他們都是妥協或退讓之人，是投機之輩，他們大可以輕易認可對方。誤解與爭鬥，其實無需掛懷。於是他諒解了。與謝，與黨內外的同志，還有與自己。

他感到，關進這閣樓裡後，一直躁動的心臟，跳到他心窩發疼的心臟，終於緩了下來。這顆心還在。「歹勢」，他心中想著：「我這麼晚才知。」

他的心緩緩下滑，滑到一個準備好可以陷入回憶的狀態。

他剛剛想過，若面前真的出現一個子孫，對他誠心發問。在那雙詢問的眼睛之前，他能說些什麼？他幾乎沒有記憶，只有混亂的印象，每個經歷過的，都在一種巨大的恐懼與憤怒情緒中擊碎。

想不起來。

譬如，他想不起來革命熱情時期的女友的面孔。十五、六年前，當時黨的組織即將被一網打盡的前夕。他與娥即將雙雙被日本警察捉捕入獄，兩人竟無視危險，在基隆的破屋間相擁。性器火燒般，肉體一次次的撞擊，溺在彼此的體液裡。然而，在他此刻的回憶裡，她的臉是模糊的，與她所生的兒子也是。甚至他那麼多流離的日子以來，唯一令他感到安心的妻子，在此刻細小塵埃皆能清楚觀看其形狀與飄動的狀態，卻記不得一點點她臉孔的細節。

他記得他愛憐著妻子的髮鬢細毛，愛她飽滿的耳垂，她深邃晶亮的雙眼，小姐才有的白饅頭似的臉頰皮膚，可是腦中一點畫面也沒有。他們四個女兒，有著與她一模樣的臉孔。可是他回答不出這些繁衍的生命，與他之間，究竟有什麼聯繫。就如同她們必然也會疑問，所謂父親，除了是個令人在意的缺席角色，還能是什麼？

「原來予人抶記是這款感覺。」他每每想到這裡就難過，夜拉得更長，如煉獄。

記憶回歸，令他頓悟了所謂的憶起，並不是記起或想起。而是某個瞬間賜予你的時刻，將某些你以為失去的東西原原本本還給你。這「原原本本」，比你任何試圖記下所有細節的，還要更多。

正當他胸中積滿情緒，緩緩迎接記憶的眷顧時，原先疏離的外在世界傳來一陣吵雜。他才驚覺到自己與威脅著他性命的世界只有一門之隔。

腳步聲與嘶吼聲從樓下傳來，不到一刻鐘的時間，逼近了門前，木門被一腳踹開，像是爆破。

他無法反應，而且可笑地還沉浸在回憶的朦朧感裡。

那群人穿著軍裝，手上抓著步槍，臉上的表情像鋼鐵鑄出來的。像他小時候害怕的大仙尪仔，抓著法器來逮他。他愛人們的臉，他曾有的稀少卻珍貴的歲月，澎湃過的理想，還在他腦海裡翻轉，失控的轉。疏離地看著眼前預想的恐怖終於來臨卻感受不到恐怖，像看著事不關己的災難。同時，理智告訴他，這是最後的景象了。

槍響。拖走的屍體與血跡。黑名單上已被處決的名字。

這些都沒發生。

他不會知道，這件事後來在親族間以極為隱晦的方式流傳著，所謂「屎溝巷的奇蹟」。

他所記得住的，是三位拿著步槍走進的憲兵。在閣樓彎著腰，像豺狼般狩獵的姿態，小心翼翼踏進。

老舊的木條在他們的腳下發生慘叫似的聲響。他聽不太懂他們之間的低語，依稀猜測，他們在說，這個地方不可能藏得了任何人。他感覺自己不存在。但事實也是。在木門爆裂開的同時，他下意識地閉氣。沒來由地相信，只要他不呼吸，就不會被發現，即使這空間的構造，一開門就會看到他這個男人坐臥在窗邊，無所遁形。

他們這類的人思想進步，受過教育，識字有理想，他們反對宗教的毒害。可是在信念上，行為模式上，其實相當的迷信。矛盾在於，正因為他們以命相賭，他們私密的信仰，有效或無效，就只能以生死定奪。所以只要還活著，他們便不排除這些小小的迷信。而即使失敗了，其實也無埋怨的餘地，反正沒有更壞了。迷信成為他們莫大的安慰。

他暫停了呼吸，脖子漲粗，眼球暴漲，身體僵直。看著他們進來搜索。一切變得像在水中進行般緩慢。憲兵們三人一伍搜索，在這窄仄空間蹭著。

「大仙尪仔來捉我了」，他缺乏情緒與實感地想。他就快死了。他感到自己將成為世間第一位不靠任何工具與外力窒息致死之人。這給予一種快感，像是性的愉悅。他在這群劊子手面前勃起，據說吊死者不但會勃起，還會瘋狂無盡地射精。他想知道哪一端會撐得久一些，是他的窒息，還是他們的發現？終究一死，這是他最後的賭注。

他們踏前半步，困惑著。三個人當中像是隊長的那位令後面兩位止步。其餘兩位退到門外，奇怪地背對房間守著。他不呼吸不眨眼，看著軍官二度前進，比先前更果敢。他剩最後一口氣，儘管，這口氣彷彿比他預期長了些。軍官踏入一步，兩步，到了第三步時，已經在他面前。軍官臉孔清秀，看上去不到三十歲。也許更年輕些，可是眼裡盡是虛無。天光被烏雲遮住，但他在軍官的眼眸裡看見的黑，比黑夜更黑。

事到如今他不怕了。他直勾勾地盯著獵犬，獵犬也看著他，臉上浮現的，是他未曾見過的奇詭的微笑。那微笑像是憤怒才該有的表情。在他以為，他們之間的距離再也不可能靠近之時，軍官卻再踏近一步。他什麼都看不到了。他以為被布袋遮了口鼻。遲了幾秒才發現，他的臉正貼著軍官的褲檔。

「伊的膦屌哪會按呢軟？」

軍官的褲檔處，比他觸摸過的任何女體還要軟嫩。他一瞬間懷疑軍官是個閹人，可是褲檔裡那袋器官又如此怪異著像在否定他的懷疑。彷彿逼著他正視，一個男人褲檔裡的東西，可以如此軟，軟到足以吞噬一切。毫無餘地。他的臉完全陷進去，感覺一點縫隙也沒有。缺氧的他依然勃起，瀕臨噴發。他就快死了。窒息。他在柔軟之中，感到濕潤，他發現那不是他的汗水或淚水，而是來自於軍官褲檔滲出來的汁液。他失敗了。軍官柔軟的褲檔，不僅像軟體動物迎面而來吸附著他，靠近，再靠近，形體融解，化為液態、氣態。他平生抵抗與逃脫無數次，未曾見過如此難纏的對手，如此無形又具有侵入性。無視於他的拒絕意志，他在軍官褲檔間感覺到的不知名的滲出的液體，其氣味鑽進他不願呼吸的鼻腔。不無諷刺，這一口氣，恰恰拯救他的生命。在他即將斷了氣之時。那氣味像精液混著尿液，既腥臭且酸腐刺鼻，在最初令人噁心欲吐的氣味後，也漸漸漫出了血的鐵鏽味、淤積的水溝味、大雨滂沱野地裡雨水混合泥土與青草之味、撈起翻白肚死魚時黏在身上難以去除之味、私娼寮裡幼女模樣的雛妓飽經摧殘的陰部之味，以及他所想像的，自己成為一具無名屍體與更多冤死屍體疊放而無人敢下葬時，一旦聞之，便像在強光照射而目盲般，足以毀去嗅覺的，世間最惡臭的味道。這是將他從斷氣邊緣拯救回來的一口氣，不問他的意願灌進他鼻腔直至肺泡的。可恥在於，他理應跳起身來決一死戰。因為他發過誓，可以為了革命接受任何折辱，卻無論如何不該接受敵人一絲恩惠。

電光石火的瞬間，他有點懂得敵人的本質了。早已不在他掌握之內的思考迴路，此刻只有一個念頭：「活下去。」

他看著眼前的光亮恢復，吸附在臉上的軍褲布料離開。他還有點暈眩，有點忘了正常呼吸是什麼滋味。他還沒能意會到自己的情況，極大的疲憊感便襲來。分不清楚是夢還是幻想，他努力記下失去意識前的最後一眼景象。

他不知道睡了多久。他沒有作夢。依稀聽到哭聲。醒來的時候，他睡在床上。他離開那間閣樓了。他很久沒有平躺了，以至於一種不習慣的痠痛鑽進了肌肉裡。

他在大姊的房間。房間只有大姊。他的現實感還沒接上，心中滿是疑問。

大姊看著他，沒有回答他最想知道的答案，而緩緩地說：

「信仔，添新過身了。」

他笑了，只笑了一聲，便用手掌捂著臉。對於姊夫之死的後知後覺，與大姊的用詞感到無比荒謬。面對他的笑，大姊沒有生氣也沒有難過。或許在這樣的狀況下，任何的表情或言語，都是不合時宜的，以至於這沒來由的笑僭越不了任何秩序。他想自己可能瘋了，其他人也認為他瘋了。

那天夜裡，他闖進大姊的家尋求庇護時，姊夫才剛闔上眼，嚥下最後一口氣。家族在守靈，他則縮在閣樓角落像個影子。他當時沉溺在死亡的念頭裡，沒有了解到，這屋子裡，有另一個男人剛離開。他多希望是自己剋死了姊夫，這樣他就可以安然被怨恨。只是不知道怎麼搞的，連如此不得體的笑，都被大姊原諒了。

然後他哭泣了，童年結束後第一次的放聲大哭。

「無要緊，咱是喪家。」大姊說。

無比怪異又溫柔地，他聽著她款款訴說，這陣子是如何靠著喪事掩人耳目。在軍官闖上閣樓幾乎功虧一簣時，全家多麼絕望。但是他們上去，下來，離去。沒有槍聲，沒有逮補與毆打，就這樣乾乾淨淨的離去，像是一陣穿堂的風。整件事除了奇蹟，沒有其他可以解釋了。

他恍惚地聽著，脫口而出：「我看到我的名，從黑名單上無去了。」大姊說她沒聽懂，而他堅持不再說話。

過去，他一直想著要救助人。他必須救某個未必最值得拯救，卻非得由他拯救之人。他為此等待，漫長的逃亡與囹圄時光裡，熬過一次次欲放棄求生意願的關頭。他心想，總有一個人在那裡等著他。現在他找到了，亦太遲了。他成了他過去最想拯救的，在這世上一無所有的被奴役的人。這名需要被拯救之人，名單上的名字已經被抹去了。他只得甘願接受，接下來的餘生，必須成為此失蹤之人。

大姊依然撫慰著他，直到他比這安靜的夜還要更靜地，睡著了。

第二章

他沒有搭上那條船

他們都說三舅躲進那條船，順利出逃了。不僅逃離被捕的命運，也解緩了家族的威脅，儘管往後漫長的監視在所難免，至少牽連到此為止了。

阿寬卻親眼見到，三舅並沒有搭上那條船。

他不知道怎麼說這件事，或跟誰說這件事。而且奇怪地，覺得好像是自己犯了什麼過錯，卻無從辯解。阿寬低頭走在碼頭上，心事重重。他感覺有人在看他。他抖瑟著身子，繞著大大的一圈，佯裝散步，以眼角餘光搜尋。不幸，他這讀書人並不懷有任何絕處逢生的技巧，連自己都覺得演技拙劣。再這樣下去，只會弄巧成拙。之所以還在這逗留，他有難以言喻的理由。不幸在於，在沒有任何證明的情況下，他感覺自己也被盯上了，必須學會那一整套躲藏、偽裝、甩脫，必須要嗅出危機與敵意，必須機靈。他知道，有無奏效，證明是不可能的。因為一旦證明了，就是全盤覆滅之時。何況，已經好多人從他的生命風景中消失了。

在這種時候，三舅的身影特別清晰。人們總說，三舅看起來非常聰明。三舅則說阿寬最像自己。

關於三舅過去是如何在天羅地網中，總能在千鈞一髮之際，逮住機會甩脫所有跟蹤的眼線、埋伏的便衣警察與憲兵，這些傳奇，他聽過好多遍了。直到這一回，他感覺到三舅真的走投無路了。

那一夜，他與兄弟們守在父親床邊，外頭突然有人敲門。他看到阿母走出房門。他坐著，耳朵聽得清楚。那是他第一次覺醒這種能力，也是唯一的一次。那是三舅常說的那種「彷彿知影啥物」的感覺。

他不疾不徐起身，沒有驚擾任何人，跟著阿母的腳步走出門。黑暗裡一切形影模糊，可是他看得到。他在走廊上，看到阿母與三舅輕聲走上閣樓。本來就矮小的三舅，彎著腰在昏暗的木階上看起來更加瘦小，像把自己折疊起來，鑽進了黑暗。在完全沒入暗影之前，他與三舅對視了一眼。他明白發生什麼事了。也是，在自身都感到威脅的狀況，三舅必然更為險峻。回到房間，聽到姊姊們的啜泣聲，父親過身了。

他呆立著。

母親從他身後穿過，正跪在屍身一側，低眉念佛。

他明瞭這場最終的逃亡已經開始了。這次不再是獨角戲，他與母親已經在戲台上。不可告人，包括彼此。每個決定與行動可以千百次策劃與想像，但就是不能拿出來討論，亦不允寫下，只能在腦海裡演練。阿寬沉默幫著母親打理喪葬事宜。過往由於他是家裡唯一會唸書的，家務事甚少要他動手。這回他倒安靜配合，利索地處理一陣陣繁瑣之事。時局一下惡化，各處衝突與鎮壓。消息很多，人心惶惶，卻沒有任何可信的來源足以掌握整體狀況。家家戶戶緊閉門窗。風聲鶴唳。

那時候沒有人相信三舅能逃出去。每個路口都有便衣盯哨，每天都聽到誰被祕密捉走，而那些人都不會回來了。他那陣子不太敢直視阿母的臉，她總是低眉不語，親戚們亦不敢多問。看似給新寡清淨，實則他們擔憂的是躲在閣樓的男人會帶來怎樣的災禍。

恐懼是這樣子的：沒有人敢說，沒有人敢打聽，可是所有人都知道是怎麼回事。那時的氣氛他回想起來仍然作嘔，即便他們情有可原。他們彼此猜忌，擔憂告密者。阿寬裝作充耳不聞那些私下流轉的話語，對一切無動於衷。他漸漸明白這樣的心境：越是能夠退到內心深處，就彷彿操作魁儡般生活，像躲在戲台下讓替身活了起來，冷眼觀看著群眾的一舉一動。

然而三舅還是成功了，也就是日後所謂的「屎溝巷的奇蹟」。

那一天，天剛亮，憲兵闖入，跨過靈堂，撥開堆疊的農具，斗笠、農耙、米桶，摸著階梯往上走時，眾人皆覺得大勢已去，等待命運宣判。窩藏罪犯的罪名可不小，眾人心中立即浮現抄家滅族情景。恐懼與恨意蔓延，視線集中在他母親身上。他們想，這個寡言的矮小婦人，竟然不經眾人協議藏匿這個棘手之人，讓全部的人陷入危險之中。

他的母親在那晚剛成為寡婦。這新的身分，使得這沉默的女人得以先發制人，任何可能的責難無法加諸其身。她彷彿比所有人都更清楚於這角色的特殊性。她撐住了所有門外的壓力，窩藏這位逃犯弟弟。這位前共產黨員，事件所要肅清的黑名單之一。

在風暴之中，她仍舊低眉，對已經發生的，與即將發生的毫無所動，彷若未聞。憲兵闖進她家門的那天，她在靈堂看了一眼，接著繼續低頭念經。憲兵逕自搜索，所有人屏息以待。五分鐘後，憲兵離開。平安顯得更不可思議。消息立刻傳了出去，原先謹慎的街坊鄰居，彷彿忘了危機尚未解除，紛紛前來關切，猶如喜事。他們的熱心，讓阿寬覺得嫌惡，像是被人幸災樂禍。

他絲毫沒有放鬆。他心想，自己會不會是下一個被憲兵抓捕的人呢？作為家族唯一的讀書人，到內地讀書，會說英文，接觸危險的思想……。母親也許比他早一步料想，趁這勢頭，下了指令，一切像是計算過的。他不無訝異，一時間忘了親子血緣，站在外人的角度看著母親：她的大膽與心細，決斷與魄力，完全不亞於她那些做「大事業」的弟弟們。

他一陣抖瑟，像春日中開苞的花朵，經逢生命中第一波的冷風。他無比清楚，他並沒有躲過。「事件」也在他身上發生了，在某種意義上。就好比，那兩顆原子彈並不是落在他的家鄉，也不是落在台灣本土，然而他生命中有許多重要的物事，也捲進核爆裡，在高聳的雲中煙滅。而且，他記不起自己失去什麼了。他從今以後自己也是在事件中的人了。

也許是「屎溝巷的奇蹟」太令人興奮了，眾人在一陣熱昏頭之中，事情快速推動起來。人們需要英雄，需要偶像。他相信，當時的狀況，即使三舅要號召一群人隨他起義抵抗，也馬上會有一群人追隨。母親這時展現了她的決絕。

「要趕緊走」，她說。

她迅速籌措金錢，安排三舅信仔的跑路計劃。她疏通管道，準備了三條船。她打算在丈夫出殯那天掩人耳目，讓信仔藉機逃出家門，到港口搭船逃往香港。那三艘船同一天在港口出發，其中一艘將載著信仔阿舅。包括阿寬都不知道，三舅要上的是哪一條船。

說來諷刺，心中只有理想與革命的無神論者三舅，卻是因為展現了奇蹟，這麼多年來的孤獨時光裡，第一次被這麼多人關注。這場逃亡是他最後的表演。母親與三舅必然知道，經過了這回，三舅若還待在這，立刻會從聖人轉變成罪人，就像三舅是如何一夕之間再度成為英雄。所以，三舅的死裡逃生，只是給他一個舞台，在眾人的注目下，再次殉道。成了傳說，卻無法流傳。

信仔舅舅滿足了大家，一場不為人知的高潮落幕後，眾人解散。

只有阿寬知道不是這麼回事。

信仔阿舅，從眾人為他準備好的那條逃逸路線，再度逃逸。換句話說，信仔從逃亡路線逃開，同時甩開追捕他的人，與幫助他脫逃的人。所以即便那群知情者有任何人背叛，透露出訊息，也無法追溯。

只有他孤獨地知曉。

像是只對他一人訴說，所謂的逃是怎麼回事。而這是他必須學會的事。

他一面行走在碼頭，一面在腦中辯證逃與失蹤的差異。

逃，是在追捕者與被追捕者間維持的不確定的狀態中留下痕跡。一般人有路可走，逃跑者則前方無路，任何既成的路皆是陷阱。對逃亡者來說，路是留在後方的，由痕跡所構成，好令追捕者跟上。有人逃就要有人追，只要有一方放棄這目標，遊戲便終止，反之亦然。完美逃跑者，必須讓追捕成為無限延長的希望，必須勾起人追捕的慾望，留下痕跡與線索。對追捕者而言，追著線索，辨認痕跡，比捉到目標本身還迷人。

三舅跟他說過，做人要留一線，對敵人也是。那一線，其實也是給自己的一條活路。每當三舅甩掉追捕者，明明藉此狂奔下去，對方就會完全追不上。可是他會在這種時候選擇逗留，甚至有點焦慮，怕就此他們跟不上了。或是躲藏得太安逸時，他便會過一陣子放出點風聲，讓追捕者再度啟動。就像追捕者有時也會網開一面，讓逃亡者尚有活路可走。畢竟，如果被捕，遊戲仍然不會終結。三舅說過，他入獄那幾年，默默在無人知曉的情況下逃獄過幾次去見妻女，天亮又返回而無人知曉，那痛快滋味難以言喻（關於這點，阿寬半信半疑）。

然而失蹤不是。失蹤，在表面上好像一片汪洋，而你是一只小船，茫茫大海中失去了蹤跡。然而這無限大等於無限小，在追捕者的意識裡，沒有失蹤者的位置。沒有人會認真去尋找失蹤人口的。失蹤沒有痕跡。失蹤意味著，一切存在的痕跡消失或遭抹除。無法碰觸。

三舅曾對他說，在這不斷逃離的一生，對愛人與親人的愧疚，使得他無論如何也不願選擇遠走高飛。信仔阿舅總是一再以身犯險，對於他來說，這也是一種生於憂患死亡安樂的信奉。活在界線上面，只有碰觸那禁止碰觸的線時，信仔才覺得快活。每當日子安逸，他就會懷疑。可是再怎麼逃，他總是在妻女附近，祕密留下暗號。就連阿寬，在內地讀書的日子，仍然不時會收到三舅不知從哪捎來的信。信仔阿舅像是將留下痕跡，作為他生存的證據。他害怕失蹤。因為失蹤，會讓他所愛之人不再思念，進而遺忘。失蹤即遺忘，連同記憶不留痕跡。

三舅應該明瞭，國民黨人前來，並不是要捕捉他，而是抹煞他。他在黑名單上，猶如生死簿上必須處理之人。面對這樣的敵人，他必須接受成為失蹤者，或是死亡。結局都是不留痕，讓這類想在歷史留名的人，徹底被遺忘。

有點尷尬的是，當所有人鬆了一口氣，三舅跳下船的身影，卻他獨自見證，且難以確認。

在他意識裡刻了一道淺淺的痕跡，像是還未認輸似的。三舅的故事彷彿還沒結束。他感到糾纏，猶如卡在喉嚨的一根細魚刺。

這下成了三舅的共犯了，他想。

他繼續走。裝作任務還沒結束。海風刮著他昨日才剃過的鬢角青灰皮膚處，耳後頸到肩膀起了一大片雞母皮。春天遲遲未到。天總是灰的，新竹的風惱煞人。海水的鹹味有點腥，他甚至想，這陣子會不會有些屍體沉下了海底還未浮上來，以至於今日的海味如此難聞。

他穿著一身黑，仍戴著孝。恍惚在這，他不大清楚是為誰服喪。父親的死也好，三舅的「失蹤」也罷，他對誰都沒有哀戚之感。卻又想，服喪的狀態，是他此刻唯一想與這世界保持的關係。對外界，對內心，他都只想毫無哀戚的維持服喪。他對每個致哀之人感到抱歉，他們越是想說什麼，想安慰什麼，他就會悄悄下沉，直到就這麼埋葬自己。

阿寬也逃亡過，儘管全然沒有任何理想與策略，也並非是兒戲的。回憶起來，都還感覺得到，死亡只在他身後一步的距離，伸手就會觸到他的肩膀那般的近。

第一次，是太平洋戰爭的末期。他剛結束同志社大學商科學業。過去曾猶豫要在內地謀出路還是回家鄉，但這時候已經無法考慮：若不離開，可能再也走不開了。他沒想過，歸台的風光時刻，竟是以逃難般的狀態告終。

他與同鄉的朋友用盡一切的辦法買到了船票。他走時匆忙，來不及告別他眷戀的京都。

不知道出於怎樣理由，臨行前，同鄉摯友將一包藏青色包袱交給他保管。他不需思量，也不需言語，亦款了自己的包袱，交給了摯友。他們搭著前後的船離開，摯友的那艘船，卻被美軍擊沉了。阿寬交給摯友的包袱裡，放著他這三年在內地的日記、珍貴的藏書，以及他寫給房東女兒卻從未寄出的情書，一併隨著那艘船沉了。

他曾夢想當作家，當一個知識份子，用筆，用思想去改變台灣。他在內地讀書的期間，被學長與老師羞辱過，這些他都忍下來，也從未對家人傾訴。他夢想有天出人頭地，光宗耀祖。作為家族唯一的讀書人，對自己的期待，使得他能夠忍耐。他便也成為家族裡唯一能理解三舅理想之人。思想危險卻迷人，他一面讀著寫著，又一面對未來擔憂，偶爾興奮不已。更多的時候是對世界充滿了不平。不管怎樣，這段歲月的光榮和恥辱，全部跟著那艘他沒搭上的船沉了。他回到港口時，摯友的父母也在等待之列，他將包袱交給了他們，是為遺物。在他心中，摯友交給他的包袱，從未卸下。

第二次的逃亡緊接而來。一回台的他立即被徵召入伍，匆匆塞了一套軍服、軍靴、步槍、刺刀與軍糧，就隨著部隊到了江頭[1]。讀過書的他被指派當伍長，實際上他什麼都不懂。關於生存，他承認自己一無所知。那倒無妨，當時的戰局已經如同攤在眼前的命運。美軍的逼近，日軍的敗退，作為大日本帝國的一員，既然要死，也至少死在家鄉。玉碎。櫻花散落。如果為日本而捐軀，他便是以日本人的一員而死，榮耀地。他對於這些意象毫無感覺。他覺得羞恥，作為一個缺乏愛國心的懦夫，即使他心中其實是厭惡著日本人的，對於大災禍來臨前，懷著卑鄙心情，依然感到不快。

沒過幾天他就想逃了。不是三舅那樣英雄式的逃，而是懦夫般地逃，像隻老鼠。他知道這一逃，便是背對了過去一路以來對自己的期許了。

他從來沒有喜歡過，亦無認同過武士道。然而對於這樣的自己，仍然覺得羞恥。滿身的泥土，手掌起水泡、破皮，每天跑步喘不過氣直到嘔吐，起床酸痛得連手都抬不起來。長官的辱罵與毆打，當然，還有台籍兵永遠的次等意識（他又比身邊的人來得更敏感）。

然後，廣播傳來天皇宣告戰敗的消息。

明明早知遲早會敗，可是聽到時還是覺得難以置信。日本軍官面無表情，可是他立刻就知道，他們的驚慌與徬徨並未比他少。

「現在要怎麼辦？」他的問句卡在腦裡，一直在那，可是毫無頭緒，連選項都沒有。他沒有任何的心思觀察接下來的發展，在下一次的集合前，已經鑽入營區旁的雜草堆，緩緩地爬離。

他成為逃兵。像在賭場裡，還沒想清楚，就急忙著把唯一的籌碼丟下去。他只能拚命逃。對於台北的地理，他只有模糊的概念。他一路往南，忍著飢渴，恐懼已經不算什麼了。

當他迷迷糊糊看到一間土地公廟，認出在三舅家附近。他就地跪下，朝著土地公拜，就此放下身為讀書人所有的尊嚴，只乞求這次的逃脫是順利且正確的。多年以後，他仍記得膝蓋跪在地板時的堅硬感與粗糙感。

逃離確實是前方沒有路線的啊，他想。因為一但思考了，腳就不動了。他無法解釋為什麼要成為逃兵。不論戰敗是否為事實，盟國將如何處置，實在無法作為逃兵的理由。他第一次懂得，逃亡是一種選擇，不是旅行從起點到終點——逃亡一旦開始，每個落腳處，都成為起點，也是要逃離的終點。是以，逃亡終結時，只有在你的此處徹底成為終點而不再可能是起點之時。所以，逃亡也是無從選擇。反正從此後，不論有沒有被逮住，他都是逃兵了。

他不知道怎麼走到三舅家的，抵達時已經天黑。那晚他與信仔阿舅整夜對酌，直到天明。

確實，日本敗了，戰爭結束了，日本人走了。可是，國民黨也來了。這回，即使連三舅難逃。

然後，命運並沒有放過他。

這回的逃亡，他扮演助手的角色，像是魔術師身旁不起眼卻想盡辦法混淆觀眾注意的同謀，在觀眾眼前製造出一瞬脫逃的空隙。

他們是這樣逃到港口的。他們走在清晨的送葬隊伍中，沒有偽裝，與人群無異。走出巷子時，他們一前一後鑽進後巷。他們不慌，不忙，一臉哀戚的走。臉上不動聲色，腳步偷著距離。他們不同行也不遠離。一個拐左，一個拐右，絕不選同個方向，也絕不徹底遠離。走前幾步，幾個轉角處，都會再看到彼此身影。兩位掉隊者融入迷宮，沒有討論路線，沒有討論任何方案與應變，回到小男孩的街角巷弄遊戲。他專注地觀察，有無隱藏的視線，是否前方有可能會被包抄的死巷。他沒有三舅的豐富經驗，三舅卻沒有像他對風城的巷弄如此熟悉。在生死交關中，阿寬專注走著，漸漸把一切交給身體直覺。阿寬運動神經不佳，缺乏三舅矯健的身手，可是這一回，他覺得自己未必會輸，而且不能輸。無法討論的狀況下，他深信著，整個逃脫成功的關鍵之一在於自己。他要盡力鑽在打結的腸道般的巷弄，一面有效率地前往接應地點。只要他能盡全力跑，三舅就能不被抓到。

阿寬那一刻也將性命交給信仔三舅。三舅的名字有個「信」字，終究該相信的。

屎溝巷分別後，他們在城隍廟的後側短暫相會，然後再度解散。像是聚積了能量，相互撞擊，好讓彼此彈向更遠之處。他們沒有太多的事前溝通，這才是他們如此有默契的原因。他們的逃跑方式，如同為了遠離彼此。阿寬總期待，這個遠離，是為了相遇。在此之前，他必須將信仔阿舅送得越遠越好，直到他也不知道的遠方。

於是，在城隍廟口的會合，也許是他最後一次能好好看信仔阿舅的時候了。

他們之間距離七八步。阿舅不起眼的打扮，在他眼裡還是獨一無二的身影。信仔阿舅的眼神不如過往的犀利，彷彿經過了磨難，對於大難臨頭，還能夠保持淺淺微笑的從容。阿舅年齡剛過四十，臉孔依舊俊美，只是個頭看起來更小了。

他們眼神交會。他彷彿接收到鼓勵，轉身繼續走。

信仔阿舅常說，他是個與城隍爺打交道之人。阿寬心裡明白，這回信仔阿舅一定也在心裡與城隍爺溝通了。他在心中也匆匆祈願。常言城隍廟所在是鯉魚穴口，而整個竹塹都在這巨大的鯉魚身軀裡。他跑著跑著突然回想到，曾讀過的《聖經》裡，有個人被大魚吃掉，又從大魚肚子裡逃脫出來的故事。他想像，現在他們也像鑽進大魚肚子裡，在牠的胃，牠的腸裡奔跑。儘管外面天羅地網，大魚自身在劫難逃，但他相信這條大魚會保護好牠們的。他計算好官道的方向，迂迴地沿著輕便車軌道通往港口。他想像自己是一根針，足跡是線，左拐右拐，又進又出，像是縫著衣服，繞著繞著，終會朝著筆直的方向前進。並且終會以這樣的方式，將傷口縫合。

他體會著三舅的逃，每次的逃都是在縫合這塊土地上的累累傷痕，儘管會留下疤痕，也至少撫平傷口。他這時領悟，為何島上的有識之人都是逃亡者，身後的足跡總是微小期望。他們這些讀書人既是傷口本身，也是治療本身。他們終會在傷口好了之後消失，留下疤痕。他們不一定介意是否被記住，因為，若能痊癒，沒有傷疤是值得慶幸的事。如果真要說，留下一點點不引人注目，卻讓需要記憶的人們辨別的小小傷疤就好。那樣就好。

走啊走，走啊走，阿寬鑽進第一個廢棄的防空碉堡裡，沒有看見阿舅的身影。下一個也沒有。走到第五個碉堡時，他有些驚慌。阿寬的恐懼，從腳心一路鑽到背脊，腰間無力。猶如有股巨大的力量撞擊腰椎，他即將攔腰折斷。他已經跑得很累了。這一路下來，他已經忘了被追捕的並不是自己，且當作本身的危機死命地逃。

提一口氣，沒有退縮，他再度向前。他沿著軌道一旁跑，像是要趕上即將出航的船。他沒意識到，在這狀態裡，他已經與三舅是在同一條船上了。

他一面哭，淚水往兩頰飛。新竹的風真的太大了。在日本讀書時，每當思念家鄉，都會到舞鶴港看海吹海風。可是這從來都不一樣，哪裡的海都不是新竹的海。他心緒馳騁，似乎多年來，關於學問與家國，個人與社會，種種榮辱，始終沒有解答而在時代中成為一種文人的抑鬱，在這盡情奔跑中，就地解散了。

剩下的，只有不能停下的腳步，走啊走啊。他沒參與到父親的送葬，卻是家族唯一一人，以祕密的方式為三舅送行。

他到了港口。彼時的港已然沒落，曾經的風光與繁榮已是上個世代的事。就連他自己，也對於這個牽動過新竹，甚至整個北台灣命脈的港口非常陌生。他與祖先看過的風景，不過是人一生長短的跨度，卻也如此斷裂。他忘了自己該做什麼，實際上也沒有人告訴他。

舊時繁華的商港已退守為寂寥的漁港上，一艘中等大小的貨船正要離開。

他聽到的版本，應該已安排好三條船同時出發，信仔阿舅將視情況躲在其中一條船裡逃走。沒有人確定他搭上了哪條船。可是他一定成功逃走了，逃到香港或廈門去了。

他繼續在海邊走著。怎樣也無法看清楚，那宛如夢境般的回憶：他看見三舅在啟航前，矮小的身影穿過甲板，輕輕一躍跳下船，身軀被船身遮住了。

他心臟彷彿跳出來，不清楚發生了什麼事。

船駛遠，荒涼的舊港只有三兩漁民，沒有熟悉的身影。

應該走了，剛剛是看錯了。他說服自己幾次，依然覺得不可信。眼淚打轉，像是自己離開故土時的難過，又像是錯過了原來自己該搭的船，被永遠遺棄在這土地上。從此他是孤兒了。

他繼續走，繼續想，執拗地對待腦袋裡所有的疑問，實際上都沒有解答。

往後，若有人問起信仔，他只能表示失蹤了。親族也全部表示不知情。只有阿寬知道，或許信仔也沒搭上那條船，沒依照安排好的路線逃亡，所以時日一久，也確實是「失蹤」了。

他繞了更遠的一段路途回到了家。家裡，他的幾位伯伯嚴厲地看著他。他原以為是掩護出逃的過程有紕漏，或是信仔舅舅真的沒有搭上那條船。但他們的指責卻是完全指向他的。他們質疑，為什麼他隱瞞自己在新竹中學裡與外省教師發生衝突，也深陷於危險之中？為什麼不告知他們，也許自己也在那個名單上？又為何在這危險之中，還自願承擔這風險最大的工作？他瞥了廳堂一眼，知道母親已經閉鎖於自己的房門之中。他便也不置一詞，甩下錯愕的眾人，一個人爬上閣樓，把自己塞了進去。

從那天之後，家族就蒙上一層陰影。事情並不會真正過去，失蹤者沒有被找到，久了，也無人提起。阿寬再也沒回去新竹中學教書。因為求職四處被拒，他決定與新婚不久的妻子舉家搬到了台北縣，最終在台北剛成立的商業專科找到了一份英文教師的教職。

母親則成為徹底的影子，成日待在房間裡，讓人送飯進去。她用另一種方式實踐了失蹤，折疊了自己，成為遺忘。他覺得母親與自己，在某個時刻裡，某個部位受了同樣的傷之後，便再也好不起來。

他再也沒逃了。不是不想逃，而是真的，沒有逃的能力了。他還是時常被跟蹤，直到巷尾，有時跟到門口。他沒有問為何被跟蹤，也不想知道，雖然也沒想到這種平衡竟持續了幾十年。

時光並沒有放過他，他的戒備愈來愈深，甚至連孩子都不解，為何父親如此生性多疑。他沒有辯解，這多疑，並非天性。但也無所謂了。他有時懷念那天逃跑的回憶。他以餘生證明，逃跑，正代表自由，一旦老了，就跑不動了。因此三舅在他的記憶裡，永遠年輕。被留下來的他，只剩躲藏，而這躲藏，在子女眼中毫無必要。他沒讓孩子們知道，會以為父親的躲藏與提防毫無意義，是留在這土地上手無寸鐵的他，百無一用是書生的他，盡最大努力給予子女的安全躲藏。直到記憶消失，安全留在遺忘裡，等待天光，他才能放心，即使他已經看不到了。

子女們依然覺得他難以親近，嚴肅甚至功利保守。關於此，他一輩子無法辯駁，不管這是選擇，或無從選擇。

某一天睡前，他走出書房，發現孩子們還沒睡，正在玩鬧。原本想發脾氣，卻看見因為他的多疑而每晚在進門處以椅子一張一張並排疊擋而成的長龍，子女們正不分大小排排而坐對著門前，玩著想像的遊戲。老大一聲令下：「船出港囉！」孩子們興奮地低語看著想像中的海，搖著小腦袋踏浪前進。他走回書房，輕輕帶上門。心中漾起溫柔，心想，等到孩子大了，有一天，他們將可以真正地搭著船載著夢出港，正如他年輕時的豪情壯志。而到時，不管海的這邊跟那邊，都會是自由的。

屆時，也許他依然不會搭到那條船。那也罷了，反正就這樣活下來，連悔恨也沒了。

1 今日關渡。

第三章

寡婦

1.

後來，在大家的回憶中，她是非常「お洒落」的女人。

她與她四個女兒，儘管不是什麼富貴人家，地方上也沒有人敢輕賤她們。稍微知情者，在稍微輕鬆、安心的私密場合，忍不住想提起她的祕密，卻又不敢再說下去。像是關於她的所有一切，如此攤開、光明，讓人有點困惑，想要打聽什麼耳語，或是妄自猜測者，皆在某種奇特的心思下自制。未必是恐懼，大抵上比較像是不安。知道了太多，恐怕也沒有好處，甚至危險。像是某種自我保護本能阻止人們向她打探。

簡單來說，她的樣子太不像是個遺孀了。實際上，也沒有多少人知道她丈夫是生是死，然而她就如此理直氣壯的，不像寡婦地活著。

這太奇怪了。如果你有認識一兩個像她那樣遭遇的人，你多半會看到一個顏色被徹底抽掉的靈魂，眼睛最中央的瞳仁染上難以察覺的灰，稍稍地放大，像是死屍緩慢的變化。你也許會說，未必是這樣的，也有一些較勇敢、較硬頸，不但能生存，還能漫長的熬、長久的鬥，纏鬥到黑夜過去。可是即使是那些鬥士般的身影，你總會在難以察覺的瞬間，看到他們身上永恆的傷。時光流逝，清洗痛苦，清洗屈辱，來不及哀悼便下葬的各種記憶。卻是那躲過一劫的看不見的傷口，待在那些倖存者身上，現形時仍然會皮開肉綻。那也許無關緊要。儘管好不了，但並非致命傷。也許這個傷令人感到不適、折磨，也許它會嚙食生命令人少活幾年，那也無所謂了。煎熬在所難免，快不快樂已不再考慮，他們所追求的，到了最後，所有的仇恨、懊悔、憤怒或羞辱已經化為一顆細小而堅硬的核，撐著挺著只是為了與時間本身對抗。看到了最後，還能是什麼？他們像是開始褪色的照片、漆開始剝落的牆、花瓶裡開始發臭的水、癱在雨後爛泥的花瓣、開始淤積的港、眾人皆遺棄遠走的村莊。令人安慰的是，除了時間外沒有其他的敵人；令人悲傷的是，這場仗始終會輸的，而且已是輸了第二回，因為早在進入這樣的狀態前，在進入對抗起漫長的恐怖時代前，他們就是失敗者了。

那個女人不見得是唯一的。不過至少在她所生活的圈子，她予人的印象，都與承擔相同命運者有所區別。偶爾，還有些人不諒解她。更奇怪的是，那些敵意，又在她身上特別容易被化解。

忘了是誰說過，試探她，像是照鏡子。無論你從哪個方面，用什麼方式，帶著怎樣的意圖，光明磊落的或卑鄙可恥的心態，面對那女人，她總是會回應的。預期著某種衝突，某種尷尬，像是大晴天裡轉瞬間席捲天地的驟雨，或是一種無望的抵抗，拚死命守住的最後一線尊嚴，在她身上都看不到。不管什麼時候遇到她，甚至打擾她，她總會招待你。有時在街上遇著了，寒暄兩句，她往往能順手從手提包裡，掏出一兩樣新奇的糖果、餅乾、飾品當作禮物。帶著一種純真的和善贈與你，像是鼓勵著你，撫一撫傷口，往前走。你總會得到回應。然後你也會同時發現，你所得到的，其實正是你期待的樣子，符合得令人起疑。她反映的，僅是將你的慾望、好奇、偷窺欲、憐憫、妒忌、猜忌，原原本本的還給你。不管你想知道什麼，她都給你想要的答案。然後，你會在離開以後，發現這一切不過是自己的自問自答。你懷疑起這一切的問答，也懷疑她的用意，可是最終，你懷疑的對象，往往回到那個正在懷疑的自己身上。

後來，很少有人問她了，畢竟一個照得太清楚的鏡子，不會有人想多看一眼。只是沒有人敢認真地詢問，不帶任何預設與假想、單純的想要了解，關於她與她的丈夫的故事。

她的名字叫盆。對於這名字，她沒有喜歡或不喜歡。她家在永樂町通開間布店。從小她在布團裡打轉，習慣每個布料的紋理、染印、重量，也聽熟了每塊布的來源或用途。她不靠大人教導，僅憑眼睛辨認花紋、織法、布料、顏色，用耳朵傾聽布料間的摩擦聲、剪布聲與綳布聲，她嗅得出不同的染印下每個顏色留下的獨有味道，還有她的指尖，觸過成千上萬種布，她甚至可以揣測出同一批布料中些許的差異。父親曾寄望盆可以學學怎麼做衫，車衫縫衫漿衫，或去紡織廠當女工。她沒有反對，只是用自己的方式閃躲，毫不為難雙親。

她上學以後，成績不特別優異，然而每一次的測驗都能過關。尤其日語與英語學習上面突出，展現語言上的天分。很多人都搞不懂這麼這麼寡言的少女，怎麼說起外語這麼優雅，甚少有人知曉她有雙擅長傾聽的耳朵。

她將許多事都放在心裡，沒有壓抑，就是放著，輕鬆地。她不知父親的期許，當個聚寶盆，放進一點財富，就會積起更多金銀財寶。或至少，沒有富貴，也該多些福氣。父親沒想過，如果真的如他盼望，成了聚寶盆。那麼即使聚了財富，或是福氣，那些還是永遠沒有她的份。不論是放進去的，或生出來的。

幸好，盆也不在意這些。她僅僅是不分貴賤、稀少或多餘、恩賜或詛咒、美麗或醜陋、乾淨或髒污、在地或外地、純粹或混雜、善良或邪惡、真實或虛假，都可以暫時放在她那，等待哪天領取，沒有時限。需要的人總是能找到她，或是她總會找到需要她的人。她不知道怎麼形容，那些寄放在她那的是什麼。後來她索性統一稱為「心事」了。寄放，不是強迫她接受，儘管她的態度與全盤接受沒有差別。沒有人要她保守祕密，但對於所有寄放心事的人來說，沒有一個地方比這裡更安全了。盆，聚著他人心事，毫無壓力，以至於羞恥的、令人見笑的心事，在寄放的那一刻，也彷彿找到最好的暫時安置。她明白自己的「器」，沒有濫用。或者該說，她不曾真的使用過。她是給人用的，假如有需要的話。她覺得這樣很好。

若有人問起，那麼她自己的心事呢？她或許會說，她只要裝得下一件心事的空間就夠了，而這樁心事還未出現。

關於未來，盆決定爭取公費的名額，進入醫院，學習成為一位看護婦。看護婦的要求嚴苛，盆與台籍的朋友扶持著。她必須經過生理解剖、一般護理、內外科學、小兒科學、婦產科學、眼科學、耳鼻喉科學、牙科學、皮膚科的訓練，也當然包括藥劑、細菌學、繃帶、急救、傳染病學等專業技能。

這些專業遠超過她一開始的想像，認識人體構造、肌理、組織的同時，也像是把她整個人拆解又重組一般。她還是把這些吞下去，不假思索地，漸漸也渡過艱難的時期。到了實際學習包紮、注射、急救處理時，她開始找回從容。她暗自欣喜先前的猜想沒錯，她最大的天分在於表面。她可以藉由觀察或觸摸表面，知道眼前這個病人需要多少的心思來照料。就像她過往在布店裡，可以從細小的觀察知道客人的需求。對她來說，世間很複雜，可是人的心思不難猜想，至少就她想要知道的部分來說，並不難知道。

現在她更確定了，人世間並沒有真正謊言，畢竟謊言無所不在，生活當中需要各種謊言才能好過些。她與其他人不同。在她眼中，各種由於內心某些檻，或思量計算而說出的謊言，其實無傷大雅。她有了屬於自己的哲學。各種謊言，她皆能察覺背後隱藏的訊息。甚至在謊言底下，被遮掩過後的訊息，對她而言，呼喚反而更強烈，更真摯。她眼裡，謊言與真話之間無法如此區辨，畢竟許多說真話的時刻，也同時在遮掩某些事。

她並不想知道所有人世間的真相。只是暗自地希望，每個來找她的人，或她找到的人，她都能妥善的，暫時的，安置起他們。就跟她收納著他人的心事一樣。

看護士這條路父親十分支持，不但體面，也省去了家裡的負擔。對於將來的婚嫁而言，也是很好的選擇。盆的修業第一年結束了，也習慣了泰半的醫院文化，剩下的一年讓她感到十分光明。

她休假的時候會回到家裡的布店幫忙。看護婦的職業方向確定後，家人對於她假日的幫手，感到相當溫暖。父親知道盆沒有心眼，他認為這是優點。唯一的擔憂是，盆會不會對未來也沒有盤算呢？

看到她現在這樣，不禁放心。剩下的，就只有婚事了。父親不急，看著成年的女兒盆，想想當初對她的期望，感到有點微妙。似乎這麼多的兒女當中，盆沒有表現出特別有孝，卻在回過身來，兒女紛紛長大投向未來時，發現相對沉默的盆，為這家族甚至身旁的人，攢下某種並非財產的珍貴之物。他想，真要說的話，就是福氣吧。他看著女兒在店裡回身、彎腰、微笑招呼、跑進跑出，心想，盆應該也有足夠的福氣給自己。

盆沒有隱藏什麼。就像她自己喜歡自己的名字那般，屬於自己的，就放在盆子的底部。沒有隱藏，只是放在下面，有時被其他東西遮住了。如果對她有過誤解，只要時機到來，總會迎刃而解。

父親看著女兒在店裡摩登的姿態，才突然想到，過去希望盆去學女工、家政或縫紉，為什麼都用她的方式避開了。盆沒有反抗過家人，好像對於一切悉聽安排或逆來順受，卻總是默默安排自己的路。使敏感的父親始終覺得有疙瘩。父親這時才知道原因。盆不是對布店沒有興趣，而是她想做的，其實是買賣這一塊。他觀察著盆在店裡，發現她真有天分。

這時，他們家的生意已經不如前，需要多點進口布料的買賣才能支撐。盆這方面的才華讓父親感到怨嘆。面對盆的無悔與大方，父親遺憾無法讓她接手這家店。他利用她在店裡幫忙的有限時間，將所有的經驗傾倒般的教給她。帶著她看貨、批貨、估價、講價、倉庫、批發。盆沒有差異地默默學著，像是父親的左右手。這樣的日子不長，卻是這對父女，藏著所有家人與朋友進行的，屬於兩人的私密幸福。

進入第二年，盆的學業得心應手，在學校也頗得人緣。她包紮與注射的方式俐落，也細心能察覺病患的問題。尤其是她的耐心令人激賞，凡她照料過的病患，都無比信任。她實習一陣後，在台北病院工作。她當時以為，這就是她的一生了。看著他人的生命起起落落，生老病死，自己承接著他人身體，直到自己也終將經歷這回。婚事，就按父母的安排說媒，或是相親都好。職業既然已經任性，之後便不再忤逆父母。

只是她沒想到會遇到那個人。

2.

她們說，那張病床上，住著一位英俊青年。

他個子不高，眼睛很大，不常說話。她們說他非常有禮貌，應該是個讀書人。

他住在走廊底端的那間病房，靠近窗子。那個男人總是把自己打理得乾乾淨淨，不像是因肺炎住院的病人。進去他的病房，包括氣味都是乾淨的，除了病院的消毒水味，沒有任何疾病的味道。她們還說，那個人神祕得有些危險，起初以為他很孤獨，探望他的人不多。但討論起來會發現那些探望他的人，似乎全都安排好，不太引起注意地進出。前前後後算下來竟是不少。

探望的人不管是男是女，是老是少，一貫的斯文。他們的到來與離去，沒特別去留意時，令人感到心安而鬆懈。在病院充滿規定、紀律、輩分禮儀的環境，他透明卻有存在感的身影是種撫慰。她們談起他，有時喜孜孜的，她們彼此訕笑，被點到時咯咯地笑。這類的事情不罕見，生活總該有點調味料，時代在進步，她們比傳統婦女見識得多，戀愛的氛圍隱隱約約都能感受知曉。

不久，她們意識到，這樣的男子不單純。

從謠傳開始，喚起了她們並未留心的細節。那些探望者怎麼能如此不留痕跡，鑽進影子的縫隙，像是暗自規劃些什麼。有傳言，那位男子是散布危險的思想者，來往的那些人，匆匆來去沒留痕跡，但隱隱約約是那群搞運動的人。她們說他是「那群人」當中一員，有些人喜歡支持，有些人則不敢多提。她們當中有人聽到男子與探視的友人稍微低聲爭執「路線」與「分裂」的事，也有人隱隱約約聽到了蔣渭水的名字。

可怕的不是這些人與這些事，即便政府關心這些危險思想，一般人懂得趨吉避凶本來應無大事。何況台籍看護婦通過層層關卡，在政府的恩惠下有機會到這位置，自然機靈許多。她們的不安擴散如此快，乃是由於她們在體制中，不管輕鬆或辛苦，遲早會習慣。像是衛生學與防疫學所教會她們的，只要好好衛生、隔離、消毒、施打疫苗等基本工作，任何的疫情都是能控制的。這也是一種信念或生活守則，穿著白衣的她們信奉著。然而那個透明般的男人，以及來探望他的人，彷彿都能輕易鑽過她們的防線。沒有冒犯任何規則，卻會觸動她們內心最不安的神經。

剛開始她們還看得到來訪的客人，到後來她們最多只會聽到聲音。聽到人聲，推開門卻沒看到訪客，連臨床的人換過兩三個，都口徑一致否定有人來過。那個男人像鬼魅，病院最怕鬧鬼，那是清除不了的病，在人心的裡面又裡面，怎麼傳染的也不知道。醫生對他以禮相待，像是對待重要人物一樣，她們既然無法理解，索性背對著恐懼不再靠近了。關於他的事，在短短的日子裡噤聲。

盆沒有理會那些。這是她對待身邊人事物一貫的態度。那天她巡房，隔壁床的老人已經睡了，走到男子的病床，床上無人，棉被整齊地像漿過一樣平整。

此時她只見原來該好好躺在病床上的男人，穿著一般的便服，還有點稚氣的臉，像極了男子高校生。他一腳踏出窗外，準備要跳出去。他們眼神對上。他的眼睛清澈無比，她覺得自己被閱讀了。男人的眼神中有詫異，也有好奇，但是不慌張。

兩人對視，這是盆第一次，在彷彿獨處的時光裡，與一個男人沉默地四眼相交。男人非常非常微小地揚起嘴角，昏暗中看不清是友善、嘲諷或是無奈。他像是對著觀眾表演一般，從窗口跳了出去。

她差點叫出聲來。她心中跳出的念頭是：這個男人帶著他的心事一併跳下去了。然後她沒能接住。

她把眼淚忍住，深呼吸。平復後，開始對那位少年有些怨恨了。她直覺那個男人沒有事，而且一定會若無其事地回來。她決定下回再見到他，要裝作不認識。她直覺地認為少年是故意做給她看的，是一種惡作劇。

隔天，她收到一束匿名的花，藍色的風信子。女子們紛紛猜測是哪位愛慕者。只有她自己再清楚不過是誰。她遲疑要不要收下這禮物。收下了，好像承認了某件事。或是，跟這個男人，此後就有關聯了。不是愛慕那麼簡單而已。在那風信子裡，寄生了某些東西，她若收下，便也跟著接納了。她不是一向接納著每個人難以啟齒的心事？那束風信子靜靜在那兒，像沒人認領的失物。

在差一點被丟進垃圾桶前，盆攔了下來，總算還是收下了。

那天晚上仍是她夜勤，她走進那位男子的病房時，他已經在那等了。她知道那是等。那等待的眼神，回應著她的期待。她好奇這個男人。

第一次，她想知道這個人的想法。

原來她看似可以親近任何人，也讓任何人可以親近。實際上總有個距離，在某個範圍內，她完美無瑕地保護了自己。對她眼前的男人，她也感受到人們所說的神祕。她同時知道，神祕就是神祕，沒有背後什麼需要深究、揭開的東西。兩個人還是對視為始，對視為終。然而相望太久，彷彿明白了，又彷彿什麼都不明白地，兩個人微笑了。

她想，這個男人真是趣味。她絲毫不介意那些傳言，不是否認或裝作沒聽過，她只覺得這個男人與其他人確實不同，而且不是壞人。她沒去跟誰解釋這件事。於是，她有祕密了，很久以後，她才發現原來這叫做祕密，回憶起來特別幸福。

祕密是會滋長的。也許是巧合，在那之後，她工作上能巡到他病房的機會變多了。而且不時會有些空檔，大到她無法忽視的空檔。像是車水馬龍的道路上，突然淨空無人無車的奇妙時刻，世上的指針為妳停格。空檔的吸引力難以言喻，她抗拒過，每次抗拒的嘗試，都像在催化那樣的誘惑。每回一轉過身，在空檔裡等著她的，是他的凝視。總會有些騷動，病人家屬緊急叫喚，或突然需要人手。雖然很短，那些時刻，他與她，在他乾淨無比的病床旁，什麼事也不做，什麼話也不說，單純享受這樣的時光。她知道那是他變出的把戲，並不討厭。他也沒有任何踰矩的行為。他也許是放蕩的少年，她不在乎。她覺得有件事不是假的，是他們之間這樣祕密時光，無法再與別人共有。

再過不久，男人即將出院。她叫他信仔，他叫她阿盆。他們彼此認定了。

他要離開了，不僅是出院，他說，要回去上海做很重要的事。他保證一有空檔，會來找她的。

信履約，盆守信。她每次見到他都是真的歡喜。在她眼裡，即使在從事這些危險思想與運動時，他仍然保持置身事外的從容。她相信他做的事是有意義的。

她陪著他去訂製合身的西裝，陪他選布料，討論剪裁樣式，挑選鈕扣，給他在外頭走路時，可以搖擺一下。他帶著她去看戲、去跳舞、去看野球、去聽演奏會。她微笑聽著他說，他有多少個身分與假名，放出多少風聲與線索，怎樣把日本警察耍得團團轉，哪幾次有自作聰明差點弄巧成拙。包括他在上海參與過的讀書會被日本警察大批捕獲的時候，早已先一步逃出的他，仍是極優雅地，穿著講究地與她在喫茶店喝珈琲。

盆知道，信所說的故事，一方面是真的，一方面也是用來取悅她的。她知曉，信在她面前談笑風生，背地裡從事的事業其實暗濤洶湧。不光是想安慰盆，對於信來說，每次平安歸來與盆話家常，將那邊的事當作故事來講，是幸福的表徵。那不是說謊，盆用她的傾聽回應信，會選擇怎樣的方式說，本身就很重要。

盆擁有的天賦，讓信長久以來的故事，能以最自然的形式寄存。即使他哪天將被徹底消失在世間，她也會守護好祕密，直到有一天，讓後代子孫知曉。

最重要的是，明明相聚的時間是有限的，他還是讓她感到他一直在身邊。他的存在感，與她的依存症，後來，她成為了共謀。盆很清楚她想知道的是什麼，其他都不在意。或即使在意，她亦義無反顧了。即使他在外頭有其他女人，或他不願意透露的行蹤、他進行的危險的事、他別的名字、別張面孔。關於這些，她只困惑很短的時間，便放過了。如果在意這些，就跟不上他了。這樣的寬容，是她的「資格」。

她也因為他學會了很多事。盆學習著他告訴她的事，關於這個世界，關於政治，關於一點人間的歷史。他用他的經驗，雙眼看過的，說給她聽。不僅是痛苦的，他也教過她美好的。信每次回來，都會帶上幾件小禮物，他在上海、東京、香港弄來的，譬如胭脂、絲巾、珍珠、打火機、手錶等。他們有種默契，這些資產階級的娛樂用品，只能賞玩，不能入迷。他們一開始會拿去典當，後來盆建議，不如她想辦法賣掉吧。信順手教她如何在黑市裡打交道，如何兜售、講價、找買主，轉幾手拿到錢，以及怎樣處理這些錢。他稱讚盆學得很快，盆打從心底開心，在信的指導下，她學會了父親遺憾著她不能接手的買賣事業。盆漸漸有了一份屬於自己的積蓄。

於是，在他不在的時光，她開始經營另一份事業，作為她想念的方式。工作以外的時間，她試著做點小買賣，或幫人販售抽取佣金。

她學習等待，只等一個人。她的心淨空了。她依然友善、善於傾聽，卻不再是那個無條件讓人寄放心事的那個盆。因為她至此之後，只裝得下信的心事。專屬於某個人，意味著一個形式只容許一個內容，兩者再也分不開了。

信不在了，盆將失去了意義；盆不在了，信將找不到歸宿。兩人遂決定結婚。在外頭風聲鶴唳時，日本警察循線一一捕捉他們時，他們籌備著婚禮。在盆的家人眼中，信是個古意人，大大的眼睛，個子小卻很英挺，總是把衣服燙平，線條明顯，也是個讀書人；而信的家族雖大，卻很鼓勵年輕人在新時代闖蕩，自小調皮又鬼靈精的信能找到這樣的女子自然是福。

盆為自己找了一套西式白紗新娘服，裙擺長長地拖在後面，白紗質地輕而密；盤起頭髮露出額頭，並戴上白紗頭飾；手上拿著一束風信子捧花；一切都是她親自挑選，且要求訂作的。信則準備了一套黑色燕尾服，一套軍裝式的大衣，上面的扣子與鏈子在陽光下閃耀。他們對未來並不樂觀。如同他們預見的，在日後戰事擴大時，那些台灣子弟紛紛自願或被徵召上戰場，想像著自己為國光榮散華[2]之時。那些稚嫩的少年們，也將會嚴肅地穿上軍裝，像是進行成人儀式那般莊重，在出征前盯著鏡頭面無表情拍下照片，給未來一個堅定無比的影像。他們在婚禮所展現的，便是這種認真的結盟。他們選在神社舉行婚禮，在宮司的見證下，以神聖的方式，刻下他們的誓言。他們的結婚照片，就是以這樣堅毅的眼神，一同望向未來，成為他們最美麗的誓言。

不管往後的事，是否在他們的意料之中，這場在神社舉行的婚禮，在家屬們大合照裡居中的兩人，面向的是未來。

信告訴她，將來別怕分離，他們永遠不會面臨真正的分離。就像她的名字，盆，是分，因為分開，才能裝得下更多。他們將永遠在那，就像此刻的永恆。

他們定居在圓山町一帶。隨著婚姻，盆辭去了醫院的工作。靠著買賣，她有了積蓄，也暗自支撐起信的活動。他出入東京、上海租界、廈門、香港。他也對她說，有機會也想到俄國，看看那邊說的，跟他聽到的那些一不一樣。那些地方，盆都去不了。她勢必無法追隨，勢必等待。諷刺的是，也許等到她也能去這些地方的時候，她已經不需要再等他了。也許就是這樣的心思，她願意等，並當作是一種幸福。

她跟著他，才接觸到她原本看不見的世界，看見那些不公，與被壓迫的人民。也只有在婚後，信才展現他一路以來受挫的一面，懷疑的一面，受傷的一面。關於他所從事的，或關於黨的成立的風風雨雨，路線之爭，與不同的勢力介入，感到無力的時候總是比較多的。盆全盤接受這些，她驕傲地想，自小練習好像就是為了有一天，為了她欣賞的男人，可以包容下一切。信不願意留名，除了躲避追緝外，也同時符合心性，方便他行動。

當組織在上海被大舉捕獲之後，傳言他已逃跑，實際上他哪裡都沒去，他與盆就在那時舉行盛大的婚禮。他總是有本事抹掉痕跡，或留下痕跡誤導人。他說事情發生時，雖然有人被捕，有人逃脫，他仍在事發前做好準備。他說，黨的組織不斷被擊破，重點是還有一口氣在；而當他們過起一般婚姻生活時，信也在各地為黨煽動、組織、結盟、起草聲明。有同志以為，他是以婚姻的正常身分作為掩護。對於他們來說，那僅僅是，一個真正的歸宿，信知道，不管發生什麼事，盆會接納他。所有的誤會，抹煞與遺忘，指責或指控，陷害或逼迫，他可以雲淡風輕，因為盆會相信他，記得他。不用憋屈著身體，不用壓抑著情感，在她那裡。

3.

他們暫且珍惜寧靜的日子，在風雨來臨之前。

查緝，舉報，一網打盡。信的名字終於見報，刊載照片，甚至出現了他在基隆被捕時身旁的另一位女子，懷上了信的孩子。共產黨這件事，成為眾所皆知之事，諷刺的是，那也是覆滅的時候了。

沒有人通知她報上寫的那些，她是無名的妻子。人們對她的好奇，不如信在外頭的風流韻事。她因此被保護在那事件之外。

她低調過日子，一轉眼，數年過去。

時光是這樣的，當所有人被捲入那場風暴，太平洋的戰爭快速推進，又一夕間一一失守，天皇玉音傳送時，許多台籍子弟還在中國、在南洋生死未卜。幾乎沒有家庭倖免於災難，幾年內的顛沛流離，生離死別，回頭，信已經減刑，服滿出獄。

歲月幾乎沒在信的身上留下痕跡，只是他那種神祕微笑似乎藏得更深了。信一家給人和善的印象，而身邊多了幾個女兒。人們有點不明所以，也許是誤會了，或時間過太快了：被關那麼久，怎麼還會生下這些女兒呢？然而每個女兒都繼承信的眼目，互動起來也沒有生疏。加上信對於每個人的大小事瞭若指掌，講著講著，也懷疑起他入獄的時間其實沒那麼久。甚至是記錯了，他只是常常做生意而在外；或是也有人傳言，他在服刑的日子，也會夜半偷溜出來，再若無其事地回去；也有人謠傳他被日本吸收，派去中國做間諜。

這些都不重要了，「不幸」不再是個人的命運，而成為島上集體的命運，無一倖免。

4.

二二八事件發生後。信上了黑名單，爾後失蹤。盆成為寡婦。

她照顧起信的一些朋友與師長的後代。過年時讓這些因為事件而失去父母孩子們有新衣穿，有玩具玩，能吃頓好的，安穩睡得飽。

她做起生意，操起一口好國語，沒人知道她何時學的，就像人們不知曉亦不敢過問，她那些貨怎麼來的。她默默地活躍於商界，甚至與美國人交好，她的擅長讀心，磊落地買賣，終究給她撐起四位女兒需要的物質生活。成為我們後來看到她的樣子。

關於信，盆是怎麼看待的，也許只有幫助他出逃的阿寬，信仔的外甥，最接近真相了。信仔失蹤後，阿寬經常來探望她們母女。阿寬心中的結，與那份鬱悶，也只有盆真正明白。

在事件過後一兩年，阿寬在新竹找不到工作，決定來台北落腳尋頭路的那段日子，盆照顧了隻身在外的他，只讓他教教他的表妹們功課作為代價。

女兒們相當敬重這位會讀書的表哥，也喜歡問他關於父親的事，儘管他支支吾吾，總是臉紅著不知道如何反應。盆看著這些景象，往往微笑，她證明了女兒們可以無傷地長大，或者至少知道怎樣活著不愚蠢也不屈辱。因為這些，是她與信的承諾。

阿寬住在盆家三個月，以為找不到工作而絕望時，突然收到通知，來自於剛成立的農校。阿寬終可以重拾教職，能夠回頭面對父母妻子，以及養育即將出生的次子。他歡喜地走進盆的家，卻發現舅媽已經張羅好一大桌菜，還有他喜歡的清酒。當晚阿寬容許自己在他們面前喝醉，醉得哭了。盆讓女兒們睡，泡壺茶讓阿寬暖暖身體，慢慢放掉他的恐懼、虧欠與不甘。他終於在盆的面前說出了關於信逃亡那天，只有他一人知曉的祕密。

彷彿準備許久，盆平靜對著他說：「我知。」

多年之後，當阿寬的次子已到了娶媳婦的年紀，阿寬請盆來當好命婆。她不以身為寡婦而感到不妥，僅僅用自己的姿態告訴這對新人，她明白什麼叫幸福。

她等著有一天，如果有人問起，也許還是不會多說。因為答案早就在那兒。盆不需要偽裝，不需要面具，她早就已經練習過，可以比任何人再沉溺一點。再沉溺一點，在悲傷的時候，在命運的面前。珍貴的事物，即使風化成沙，也終會沉澱在盆的心底。信的心事與盆的心事，在那裡不分彼此。

2 日文漢字「犠牲」之意。

第四章

方向

「難道沒有更光明的路可走嗎？」

他聽著阿吉反覆念著，像是琢磨著什麼，無比謹慎，一隻手懸在那裡，遲遲沒有落筆。

他望著牆角沒有理會。牆角的稜線清晰，昏暗中也看得清楚。三個九十度的尖角匯集在尖端，他朝著最尖最尖處看，專注看，那尖銳足以切斷他的雜念、思念或妄念。投向無限狹小的意識，經過練習，每當覺得看到了盡頭，像是所有的故事都該有個結局那樣，卻總是意外鑿開一個破口，猶如踩空般墜了一下。然後才狼狽地拾起精神繼續對抗，將所有的意志投向尖端。

已經不知道是第幾個了，或說第幾回了，他盯著這牆角看，好幾年了。

徒勞，當判決書下來時已經決定。牢獄的歲月中，行動在方寸間，相同的飯菜，勞動，或獄卒發洩或捉弄的「管教」。事實上，在獄裡度過的一切苦役也好，折磨也罷，這些與罪毫無關聯，與懺悔毫無關連。至少他們這群因為相同原因被一網打盡的犯人，監獄所要做的，不是令你贖罪、悔改，這些責罰。很簡單的，就只是改造。改造，最適合用在思想犯身上。日本人正在發展一種更有效的方法，剷除掉思想中的不安分子，在萌芽之前。左翼的野火燃燒，他們要在遠東，每個人的身上，築起一道高高的防火牆。日覆一日的折磨，不必酷刑或苦役。壓迫有時會有反效果，讓人更想反抗，或滋養起更大的意志。改造，讓人連反抗的餘力都沒有。像是日本的統治，經過三十年的淬煉，已經成長為革命者難以對抗的怪物。

他讀過馬克思關於一八四八年法國革命的研究，反覆讀著革命的失敗。他總對於失敗的歷史耿耿於懷，而屬於他們自己的革命，也就那麼快的，原以為星火將燎原，最後卻被滅得徹底。偉大的失敗並不可恥，而他終其一生，都沒嚐受過所謂悲壯。在他進行地下運動的那幾年，他一直覺得自己看見馬克思所說的盤旋的幽靈。日本人恩威並濟，以資本主義的糖水餵養你，毒害你的心靈。好多好多的同伴都已經屈服了，不論是表面配合的，或是內心退縮的，那些轉向的時刻，他都是聽得一清二楚的。他知道真正的敵人在哪，可是真的無能為力。

轉向的時刻，會有一種聲音。像是蛋殼敲碎的聲響，無可挽回。他彷彿都可以感覺到那些原來的同伴們，拖著步伐，垂著頭垂著手壓出去審問時，內心就像破掉的蛋，蛋白粘膩地滑出。幸運點的還保留著蛋黃，但大部分連蛋黃也破了，混著蛋白成了骯髒的蛋液。他不鄙視他們，總得先生存，才可能重振旗鼓。總得要天真一點相信著，留得青山在，不怕沒柴燒。他們的共產革命，一定會有個時刻可以逆轉。

遺憾的是，他沒有辦法天真。

入獄以後，或更早之前，他已經不與他們溝通了。他任由他們的猜忌滋長著。

當判決下來，他們一個一個在法官面前公開「轉向」，說明自己不再信奉馬克思，不再煽動，不再不安分。而他仍一語不發，沒有出賣任何人，也沒有替自己辯解。同志們到了這時，似乎都明白他的意圖了。他們明白他的所有為何，或他的不為所求，就靜靜地，讓他在時光之中，將自己埋葬。

對他而言，沒有所謂的出賣或背叛，所作所為，皆改變不了命運，集體既已全軍覆沒，個人的種種思量，又有何干呢？

奈何，轉向若可恥也就罷了。可恥的是轉向一點也不可恥。轉向者所感受到的，甚至是種舒爽之感，徹底展現在他們的表情上。那就彷彿，左傾只是某種青春期的轉變，過渡期的尷尬，過了，也就好了。過去的熱情，像是熱病，年少時容易作的春夢。只因轉向如此容易而無損，換取的好處與寬容擺在眼前，過去的犧牲、擔憂、危險顯得毫無必要。

轉向，轉向，轉向哪裡呢？他也迷惑過，是不是，一開始，他們就沒弄清楚方向，自己在哪裡，未來往哪裡，其實無關緊要？日本人好整以暇．畢竟日本共產黨，作為台灣共產黨的指導機構，其中央委員長佐野學和中央委員鍋山真親，一九三三年六月七日獄中聯名發表《告共同被告同志書》後，日本人預見台灣共產黨的潰敗也將勢不可擋。日本人的策略很簡單：將「轉向」政策方向執行到底，連未來一起扼殺。

在這勢頭上，進行大審判，如日本人所料或預先的攻防奏效。很快的，只剩他、阿新與阿女三人「完全地拒絕思想轉向」。如此諷刺，統治者的目標方向，甚至未來規劃，比他們這群想改變世界的人還清楚，還明白要如何執行。有權力、有軍隊、有情報，敵人擁有一切，感覺比自己還要「理想」。

他也明白，他表現出來的堅持不轉向，沒有任何意義。他不為他們，不管是同志或日本政府所私自想像的意義服務。最好的辯詞，他已經傳達出了：對於這一切，他仍然無話可說。

那年陸續被捕的四十多人大多三、四年間出獄了。只剩他們幾位少數人被判了較多年的刑，在獄中消耗了歲月。然而出獄不過是進入另外一個牢籠。世界是個牢籠，愈來愈緊縮。黨不在，組織不在，有些人記得你，尊敬你，可是你清楚的，那僅僅是無用的安慰。經歷過這些的人，安慰是很痛的，寧願不要。他們的出獄與減刑並非情願，猶如被驅趕的羊群，從一塊牧地到另一塊。相對於那些同志，他依然以意志，去改變小小牢房的空間，儘管只是緊緊盯著一個牆角。這樣的他，卻讓某些曾經轉向的同志羨慕不已。

（阿吉還在那裡反覆同一句話，話語鑿穿了空氣，也鑿穿了話語的字詞本身。終於，成為空氣中的泛音。或是睡眠中惱人的蚊子似有若無的嗡嗡響。或是斷氣前的動物最後的哀鳴。或是鈍器打斷骨頭時在身體內震盪的餘波。被釣起的魚仔張著嘴波波波發出的空氣薄膜拉開又破掉的聲音。或是香爐的餘灰燒盡時連著紅色火星一起滅去之聲。在空曠的大地無風無雨的絕對靜默的幻想聲音。）

只剩下他們幾個還沒出獄了。他不欣羨出獄的人，也不將留下的人視為同伴。他想像，他們，不論是在外面的，或還在裡面的，都是破碎無比的。他只能用自己的方式，在裡面的裡面修補。既然身在何方都是牢籠，唯一自由的可能，在於裡面的裡面。裡面的裡面，他折疊起自己，像是折起報紙一樣，整整齊齊的。當他專注在那裡時，一切都很清晰。

很少人知道，他少年時打過野球。他身軀矮小，眼睛卻很犀利，協調性好。重點是，他掌握得住好壞球，對於投捕的配球一清二楚，清楚到，對手甚至自己人都懷疑他是不是猜到了暗號。實際上是某個人教會他的。他們學校來了一位教練，據說在日本的時候，曾帶隊把一個無名的高校打進甲子園。那位教練告訴他改變身材劣勢的方法，在於觀察。如果你夠仔細，只要觀察一根毛髮，就能得到整座球場的資訊。教練教導他，不要分散注意力，觀察投手在投球過程中，準備揮臂時，你在打擊區看到手肘出現的位置。只要學會注意看，周圍所有的訊息都會透過那個點集中過來。像是漏斗一樣，一滴不漏地接受訊息。

他打野球的時間不長，可是學會了這個重要的事。此後，每當雜亂時，他都會這麼做。在旁人以為他忘我在讀書時，或遐想時，他掌握了周圍。

入獄之後，他索性不逃了。外面不會更好，在整座鐵籠之島裡，沒有所謂外面。他學習感受，磨練這份能力。他感受得到獄中每個人的狀態，有幾次，他提醒獄卒，哪間牢房的哪個獄友身體狀況真的出問題，判斷得比病患本身及醫生還要準確；他知曉明日的天氣，牢房外的蒲公英被春天的風吹開時，所飄往的方向；他曉得每個進來服刑之人是否罪有應得或遭受冤枉，供詞的可信度，或招出的共犯是真是假；他知曉每餐送來的牢飯是否衛生新鮮，或有伙房惡意吐了口水、扔把灰塵、剁碎死老鼠肉摻進去；他當然也知曉，同志們究竟是一時的策略與忍辱偷生，還是真的背脊打斷般地求饒悔恨了；他也明白，不論是形式的，或實質的轉向，終局都是一樣的。

等著他了。

很多人都忘不了，審判的那天，他一語不發。法院外聚滿了人群，與警察的阻擋，像是一場革命即將發生。他們說，信仔堅持不轉向，無論警察如何威脅利誘，他都是硬頸的、有氣魄的反抗。稍微熟知黨內路線鬥爭的，都認為他是在與阿女對抗：是誰，能面對統治者而堅持到底。這是自毀的賭氣，他們堅持越久，也只是加重個人的罪。贏者將獲得最重的罪刑。他與阿女，像是兩個對賭的賭徒，大把地將籌碼下注。吊詭在於，「轉向」一事，原是日人統治者的政策，以減刑為條件，減去他們對於國家的罪。竟在這兩人最後以死相搏式的橫衝直撞，讓整個大審判成為最驚心動魄的戲劇。他與阿女堅持不轉向，拚命爭奪著刑期。彷彿誓言以餘生投入，直到法庭決定收手，立下判決斷絕這種比拚。結局是他與阿女都被判上最高的刑期，以規則判定廉價的平手。

人們企盼他們還有什麼話說，或有什麼行動。阿女對著世界大聲呼喊。他則徹底地沒收自己的言語。兩者命運相同。於是，無論轉向或不轉向，言語或沉默，都在更巨大的判決下分配下去。最終都變得一樣了。人群自動散去，原來，所有的選擇都沒有意義。

如果有人問起當時候的想法，他會說：「我袂記誒。」

他真的想不起來了。他沒有告訴別人，自己有某種能力，以及這能力如何得來。因為他再清楚不過，這些解釋於事無補。他不記得的事太多了，多到像他記不得任何事。

使用這能力是會上癮的。起初，就像他在玩野球時，用這份能力讀出戰術、對手的想法、球進本壘板的位置。後來，他習慣在任何場所練習，找到空間某個缺口，撬開，讓所有訊息朝腦袋一湧而入。

譬如還在文化協會的時光裡，他預料到組織開始左傾的那一刻。接連的分裂徵兆，是他在蔣渭水的左臉頰與嘴角上，不自覺地抽動時感受到的。他像是賊子，找到了孔縫，帶走最重要的物事。使用能力的過程當中，他發現自己原本就矮小的身軀，顯得愈來愈小。像老鼠，漸漸見不得天日。因此他不照鏡子，怕在鏡中，自己的臉上也找到孔隙，自己閱讀自己，感覺多麼骯髒。

他的注意力收不回來，永遠在他方，更遠更遠的地方，就是不敢往內裡看。他自己追趕自己，造就了他的逃。最終，他只是想逃離自己的目光而逃。

如果不是遇到他的妻子盆，他可能像是想逃開自己影子的人，終焉瘋狂。他的空洞被接納，可是時間並不允諾他永恆。

這份能力，首先向你貪婪索取的，是時間。他的時間愈來愈稀薄，令他感到窒息。他為了適應，連呼吸都開始愈來愈小口。練習憋氣，或潛入溪川，輕易超過一般人的限度。沒有回頭路了，他想，就像潛入深海，若是太快浮上來，會七孔流血。在深海裡，分不清上下左右，一切朝你內裡擠壓，再擠壓。

第二個索取的，是自我的意識。從他習得，到利用、依賴這能力，逐步陷入知識的迷宮。既有的知識已經無法滿足，他像是面對首次向人類展現的銀河，滿天星點，令人暈眩。他時常覺得自己不在場，因為意識跑得太遠了，許多次的危機也是這樣造成。他懷抱的祕密使人不安。一方面，他屢次冒險猶如置生死於度外令人敬佩，另一方面每次全身而退以及神出鬼沒卻讓人無法信任。他只得抹去自己的痕跡，留下些無關緊要的、讓人誤以為重要實際上卻沒有更多訊息的蛛絲馬跡。製造出虛假的存在感，讓自己成為組織裡的空殼，真正發揮作用卻在暗處。他刻舟求劍，自己卻是那把劍，或從來不曾存在過。

最後，它索取的，是記憶。他沒有失憶，相反的，隨著他愈來愈稀薄的時間（而不似一般人感覺的愈來愈少），他的回憶依然深刻。他失落的，是記起當下的能力。他著魔地看著，沒意識到時間，沒意識到自己，他記不住現在。總是在事過境遷，殘餘的印象，他組構了某些記憶。他記得的場景，自己都像是隱形的。與其說是回憶，他寧願稱之為歷史。在他身上，只有歷史，沒有記憶。就像這座島上大部分的人，沒有歷史，徒有記憶，終會被抹煞。所以，他完成了自己的放逐。他整個人，就在島的命運的反面，且牢牢繫在一起。他，就是這座島的命運。

慶幸的是，如此難辯的真理，他沒有被人理解的急迫性。他相信總有個人，在將來，可以攤開他的孤獨命運。他直向面對歷史，帶著自身的時代記憶，猶如暗夜行路，一個人踏上路途。

他沒有解釋，為什麼那晚，他與另一位同黨女同志娥雙雙落網時，會束手就擒。熟悉者以為他必然是千鈞一髮之際逃脫的那個人。然而，他不但沒逃出，也沒有預期的天羅地網、追趕與藏匿，或任何可以滿足想像的張力。僅僅是一個名字又一個名字的落網，烙印在官方的公告。如此庸常。

而他被捕一事的曝光，甚至在情色的廉價幻想下，被加重處理了。報紙上寫著，與他一同落網的女鬥士娥，被捕時已懷有身孕，孩子的父親是已有家室的他。他在這段獄中產子的逸事中，他的名字被冠上「情夫」兩個字，彷彿整個革命事業，不過是一連串未經思量的、敗壞風俗的歧途。對此，他沉默，怎樣羞辱與威脅也激不出話語。沒有人發現，關於他為何被捕，他的心裡其實毫無掌握。他任由肉身囚禁，活動限制。關於精神上、話語上，沒人注意他缺席了。

台共大追捕時期，他們沒有搭上船的那晚，基隆夜雨。在低矮潮濕的磚瓦厝，心情陰暗的性交。他不記得一開始怎麼發生的。最早，是娥當信差串聯起組織間的溝通時搭上的。他喜歡她隱忍的外表，與內心炙熱。在他已有妻室的狀態，仍是陷落於傾向於死的神祕情慾。

他們肉體關係發生得早，但那晚不同。他們被捕的原因，與這段關係無關。革命這條路走熟了，直覺往往敏銳。尤其關於自己能否過得了這關，逃掉此劫，他了然於心，處變不驚。然而這回，他們一同陷在絕望裡。娥看見眼前的在劫難逃，他則看不見眼前。至少，他突然再也看不見他一直以來化險為夷的那個「預示景象」了。他慌了一陣，以為再往前便是死亡。不過死亡倒是沒有到來，而他想通了。此刻，他與娥所存在的絕望狀態，台共將被一網打盡的覆滅前夕，他並非真的看不到未來。相反的，他看到了。他的能力完全覺醒，此生頭一回，他真正的「看見」。他想看見的未來，是純粹的黑暗。

那晚，他看著黑暗，一遍一遍摸黑而無聲地絕望做愛。他誕生一只黑暗之眼，能專注看著黑暗而再無其他之眼。從那刻起，他內心的那只眼睛，終其一生只專注凝視著深不見底的黑暗。在肉體的交合中，似乎愈肉體深入，愈陷入黑暗。他因此拚命衝刺，充耳不聞娥的激情叫喊。他漸漸地，愈來愈清楚的，看見黑暗。他知道這代表著他看到未來了。這個完全陌生的黑，應證他過去的猜想：未來只能是虛空，在最深的黑暗裡。

他覺得相當平靜。對於命運這件事，他欣然接受，畢竟看見這景象，既恐懼又迷人。甚至，他甘心放棄此生，只為了能更深地凝視。

破曉時分，烏雲滿布仍似暗冥。突然，木門被一腳踹開，一瞬間屋子四周都是包圍著他們的警察。他不做掙扎，只低聲說明，身邊的女伴已有身孕，不宜粗暴對待。

隨著警方離開時，他回頭看一眼基隆海港，看見幻象：海水染紅，上頭浮著數不清的男女老少的屍體像是煮熟的水餃一般腫脹著，這些屍體手掌都穿透著鐵絲，並且還有更多的屍體，不停止地傾倒在海裡，像是要填成陸地一般。他閉著眼，並閉上內心之眼，忍住嘔吐，跟著警察的腳步走。然而那內心之眼，半開半闔著，控制不了，強迫播放著令他痛苦萬分的畫面。

他張眼或閉眼，看的都是與他人不同之風景，他覺得自己已遭世界排除，猶如死者。真是如此就好了。他看著空蕩的基隆碼頭，幻象平息，海面平靜。內心的騷動還是讓他留在震撼中。

沒有時間了，他想。看到那純淨的、尚未被污染的原初的未來還不夠。他想要知道更多，在黑暗的深處鑿出破口，直到透出一線微光為止。

他面對牆角，凝視更深更深，直到周遭的一切，全搬進了他的意識裡。從此，他囚禁了自己。諷刺的是，他藉由囚禁了自己，得以安靜地處理內心的糾結。

大部分的同志，包括最斷然承認轉向、放棄左翼、願意修正與回歸社會者，入獄減刑之後，政府仍然不會輕易放過。口頭的說詞之後，接著是悔過書，宣示轉向。一次再一次要他們放棄反抗，直到麻木，不論對於過往的左翼思想，或是後來歸順的正軌。監獄裡，每週都有和尚進來宣揚佛法，反覆誦經。共產黨人必須不斷抄寫經書，不需知曉含義，像苦行僧般抄寫。抄寫到，在這些共產黨人眼中，文字變得毫無意義，甚至恐懼。直到腦中思考的語言也徹底變得無意義。直到完全迷失了方向，辨別不了任何方位，哪裡都去不了時，改造才算真正的完成。

他一開始被當作頑強抵抗者，亦欲以最嚴厲的方式懲戒之。

每一次的審問與無功而返，報紙上都會刊登，挑撥情緒，看他何時以何種方式反抗。同時擔憂他是否暗自盤算組織或煽動獄中囚犯，甚至影響獄卒思想。

他被換到最深處的單人牢房。不料此舉令監獄長陷入更大的麻煩：他被遺忘，又無所不在。監獄開始鬧鬼，每個人都傳言有個半透明的形體四處穿牆。獄方不明就裡，直到外頭傳言他已經越獄成功，才氣急敗壞打開牢房。卻見他背對而坐，咫尺距離，竟讓人感覺遙不可及。

他們請上佛法高僧來與他對詰，一方面是希望瓦解他的信仰，另一方面也是驅趕管理者的不安。徹夜的密室深談。天明，僧侶走出，不發一語，只簡單暗示：此人已無欲無求，亦無可救藥。令監獄管理人完全摸不著頭腦。

他不分晝夜凝視著牆角。他意圖看見命運，自己的、同志們所追求的、島上的、中國的或日本的。他猜想命運就在那最不可見之處，躲在他日夜以目光鑿穿的不存在的遠方。他想像自己身處在世間上最不自由之處，他是最有機會看見未來之人，也知道這是他最後的機會了。他以為鑿穿之後，願以最終鑿穿自己瞳孔為代價，見上一眼關於他渴望知道的人類未來圖景，那個人類不再勞役剝削他人的世界是否有可能。

他不知不覺任由目光追求走進黑暗。他每日晝寢，直到日落無光之時，盡情在黑暗凝視最黑暗的角落。他比生命當中任何的時候都還要迷失，也更加義無反顧。他感覺，到了此刻的狀態，才真正地成為一名革命分子。

在牢獄中他已不知年月，日期時間已無意義。他偶爾溜出去，聞聞這世間的空氣，擁抱他的妻子，跟睡夢中的女兒說話，再偷偷地回到獄中。大部分的時間，即使他有能力越獄，他還是選擇在這裡，他的牢房，牢房裡面的裡面。

「除了枷鎖，無產階級沒有什麼好失去的」。對他而言，實際上即使沒有枷鎖，離自由還有段一大段距離。他稍微懂了，他總以為自己可以看到許多看不到的事，掌握一切風吹草動，深入每個死角。他以為看了比較多，也知道了比較多，也擁有比他人好幾倍的人生。有這樣的天賦，他必然有更大的使命要承擔。只是走到後來，他發現自己承擔不了任何事。

他回顧台灣共產黨的短暫歷史：分裂、猜疑、互相告發。在他們高喊著全世界的無產階級聯合起來之前，組織卻如此千瘡百孔且注定瓦解。那麼，他們後來轉向，其實也無須計較了。

入獄後，若說他真的學到什麼事，是他到後來明白自己需要謙遜。在世界面前，在命運面前，在歷史面前，即使知道再多，像作弊一般知道不該知道的事，也如同無知。他獨坐著，發現了一直以來欲求而不得的原因：他沒有條件思考。

他思考，共產黨的同志，甚至更多想要改變的「他們」也思考，但是他們實際上是不懂的。思考終究是資產階級的特權，他們是沒有條件學會怎麼思考的。或者，這樣的解釋也非他本意。他想說的是，一直以來，他都在裡面。無論他走了多遠，逃到多麼罕無人煙之境，他終究在裡面。從裡面往更裡面逃，像是逃不出五指山的那隻猴子。要能夠開始真正的思考，真正思考他想思考的事，讓思想達到所欲抵達得更遠的地方，必須走到外面。從頭開始，裡面的裡面開始，走到個人外面，世界外面，時間外面，歷史外面。更外面。

他想到這點時，激動得抽搐。卻忍著，看著還在徒勞寫著日記的阿吉，喃喃自語無法落筆；或是已經折磨成一介凡夫俗子的阿新在跟隔壁牢友請教養殖兔子的方法。他累了，承認累了。在眼前的黑當中，又蒙上一層黑。

然後，他突然領悟到另一件事。此刻，許多片段沒有經過他的眼睛直接進入他的腦海裡。怎麼會忽略這件事呢？他執迷於這份能力之後，他以為自己見識與眾不同，也沒必要與任何人分享。才誤以為那些不一樣的景象，更深入的細節，是自己眼前所見。他一直以來漫不經心看著這些景象，混淆了真實所見與這份能力所帶給他的視野。到了這個時候，他才確定，這份能力所見的影像，實際上不是他所見。那些影像，在他視線鑿穿現實之時，影像自然地流入腦海，不經過肉眼。

所以，一直以來，他猶如活在夢裡，真實的人生則如夢遊。他是個醒著作夢著。他們一群革命者編織著夢，是不同型態的作夢者。他們夢想著作著同一個夢，正因為夢想有同一個夢，他們才以此誤會相聚，相信能聯合更大的受壓迫的人們，取消國界，取消階級。他們的層層組織防備，卻如怪物般增長，最終扼死所有的人的夢。他，只是逃出來的造夢者，作著比任何人還要久的夢。他曾心有不甘，認為自己犧牲過多了。他早發現，每當朝知曉的界線再推前一點，就有更大的未知的浪打來，讓他分辨不出是否推進了一些還是退後了一些；他不曾經歷過的經驗，已經石化為遺忘，圍城高牆。他卡在內心世界裡動彈不得。

「該來走了」，他想。既然看不到，如果是時候，也該就此認了。他懂得，上天給予這樣的能力，並不冀望他該有所承擔。他扮演的角色，並不允諾他在最絕望之處兌現任何意義。譬如捨身取義、壯志未酬或名留青史，都不屬於他。簡單來說，他做不成烈士，注定被遺忘。堅持那麼久，嘗試在所有方向尋找出口的他，不斷在外頭與在裡頭潛逃的他，終究是原地踏步。所以轉向的那些人並沒錯，轉向了，沒有任何的背叛或痛苦，也無從欣喜，只是突然輕鬆了。轉向者若能掌握那一瞬的意念，也許可以領悟。轉向，其實可以在那一刻放棄方向，然後重新開始。

他嘆了口氣，最後一口，決定將來不再嘆氣了。看不到終局，對他而言已是結論。他走得太遠，回神，他已經深深陷在牢獄裡，比囚禁他的監獄更深之處。只有一件事情清楚：若他願意，他可以選擇就此隱匿，與這世界再也無關；他寧願另一個選擇，回來，承認放棄了方向。在剩餘的時間裡，好好以最粗淺的方式，去思考方向。他是越界者，甘心遭受天罰。從此埋進遺忘裡，或是回到這裡，再徹底被遺忘。他選擇了後者。

他又花了好長一段時間才真正的回來，依然無人知曉。

後來的歲月，他與牢房安然相處。偶有傳言他會越獄，再悄悄回來。可是就算以最嚴格的審查，他的臉上已經沒有任何一絲革命者與反抗者的痕跡了。時日一久，身旁的人，無論是其他囚犯或獄卒，也多少明瞭他的眼光早已看往他處，一個他們尚不知曉的方向。他依然神祕，但不再危險了。也許看到了，也許看透了，也許看夠了。之後，他不再面對牆角，和善的面對旁人，猶如厝邊朋友。

他減刑出獄的日子指日可待。

後來看到他的人幾乎無法聯想，眼前這個溫馴有禮之人，會是當初的革命者，煽動者，頑強者。甚至有人懷疑當初是冤枉了他，或他不擅言詞，或有難言之隱。消息慢慢凝聚成股暗流。日本人樂見如此成功感化之人重回社會。他們相信他早已被拔去獠牙，一點威脅性也無。正在計劃如何規勸時，他交出一篇文章，篇名是〈時代の更生〉。他們將這視為轉向。不久後，他減刑出獄。轉向一詞，在這最後的抵抗者安然放棄後，成為歷史名詞。儘管〈時代の更生〉一文手稿不翼而飛，無人察覺，也無人追問。

他回到妻女身邊時，像是沒有經過那些年的牢獄時光。

監視的報告當中，他成為良民。他只利用剩餘的力量，寫下一些東西而不被察覺，是關於思想的不成樣子的文章。他將這些手稿放進一個檔案袋裡，在最後一次的逃亡前，藏在一個祕密的地點，等著外甥發現。

他沒有對外甥說，他還是找到方向了，只是自己已經去不了了。關於這點，他沒有一點不甘願。

第五章

跟蹤與失蹤

1.

「伊失蹤矣。」

阿寬在心中演練無數次，他期望，如果有一天，當他接受審問時，無論多麼殘酷而無望，他要堅定地把這句話說出。用台語說。

起初做這決定有點苦澀。要壯大膽子，想像自己的骨氣以及義氣，在最艱難的狀況時挺起腰桿。他寧願豁出去。除了澎湃的理由，也是有點厭倦了。畢竟在那事件之後，多少日子的委屈與膽顫心驚。他的悲觀性格與天俱來，加以命運調味，對於各種痛苦的假設，他已習以為常。像是屬於他的冥想練習，能將所有最意外的、最惡意設局的、最荒謬的、最平庸的、如泰山崩於眼前的、輕如鴻毛的、超現實的、如夢似幻般的、善意的、兇惡的、陌生的、遭人背叛的，各種可能的情況，在腦海裡以最慢的格數與最大的細節演練。他甚至練習到，可以想像千萬人以上的集體審判中，每個人的五官形貌與表情，細到建築牆壁表面龜裂的細紋，陽光的角度與空氣的濕度及氣味，角落裡小蜘蛛結網拉出的銀白細絲。然後在這徒勞的造夢情境，將各種差異最大的情境（每個情境都猶如一個完整個世界）塞在他的腦袋裡，他要對著無數變化的假想，用相同的口吻說著同一句話。他不倚靠鏡子，僅憑自覺，塑造臉上的表情。因為那句話只願意說一遍，只願意對這世界說這麼一遍。因此，即使四下無人，他也從來沒有真正開口說出來過。

這句話只存在於他腦中。無數練習只為了「有一天」，以某個特定的姿態，以固定的聲量、抑揚頓挫、呼吸、口腔的肌肉顫動與共鳴說出。然而，他花費一輩子最大想像的，「自己說出那句話的模樣」，當中的任何一部分，從來沒有實現過。由於這種堅持，他以絕對的謹慎，把整件事變成「非現實」了。

矛盾在於，他徹底相信這一天必然會來臨，以至於這無數重疊在他相同言說上的差異影像，透不過光的厚度，在某種意義上比回憶還要可信，並微微超過了現實的重量。

到後來，這份苦澀已隨時間洗淨。這想像成為一種慰藉。

他沒有發現，正因他如此周到的設想，過度的模擬，使得這件事永遠不會到來。也因為永遠不會發生，他會繼續去想，耗盡他所有的想像，迎接那一日。如此渡過一生。

2.

後來的數十載，他回家都沒有固定的路徑，也沒有固定的時間。他的妻，鶯，對此毫無怨言。她稱不上是溫柔體貼，也不勇敢堅強。她出生的家庭，在清國時就是地主。還是日本人治理的時代，她便已上過幼稚園，讀過靜修女子中學。換句話說，她是識字的、受過教育的女性。

在談論到她的婚事的時候，她說她最欣賞的，是有學問的人。在旁人看來，身為千金的她，以及她的教育，嫁給一位書生十分合理。然而實際的情形是，在他們初次「見合い」時，阿寬便一眼看穿，在她大小姐的外表下，內心是異常的平凡，甚至接近庸俗的靈魂。若換作他人可能有些失望，然而對於悲觀的他來說，這是再恰當不過的對象：這名女子，缺乏想像力。

她從不過問他的行蹤。不論他幾時回來，她照常張羅晚餐，相同乏味的菜色，毫不耗費多餘的心思。於是對他而言，回到這樣的家相當有安全感。每當他回到家晚了，桌上只剩少少幾樣菜，菜餚冷了，被孩子們吃得杯盤狼藉，他一點也不介懷。他默默享受著這獨自的時光，孩子們的吵鬧猶如他的背景。他會獨自收拾碗盤，在廚房洗淨，然後回到書房練字。

沒有想像力，沒有激情，沒有嫉妒也沒有遺憾。對於這樣的妻子，他其實羨慕不已。

許多人以為，以教書為業的他，必然看重對子女的教育。關於此，他只想當個守望者。像是那本美國小說裡所寫的，自己要站在懸崖邊，如果有任何小孩可能衝過來，都要把他們攔住。無論如何都要在，都要攔住。其餘的，都交給妻子，而妻子對教養絲毫不費心思。他一直留意子女們的思想，儘管次子稍微叛逆，與他年輕時相似，可總還在安全的範圍。他依舊當個寡言的丈夫與嚴肅的父親，每天固定時間去學校，不固定時間回到家。

他喜歡在睡前跟妻子說，今天會晚回來，是因為在某個巷口，看到哪個埋伏在矮牆後的身影在跟蹤他。那身影是如何窮追不捨，他才甩脫了一個，馬上有另一個接應。他對她形容，那是怎樣的眼線。是怎樣的身材，怎樣的五官外貌，怎樣的衣著偽裝，更重要的，是用怎樣不起眼的方式跟蹤他。而他是怎樣從他們躲在帽簷或眼鏡下閃爍的眼神，或是腳步的不自然，甚至他從他們的唇語讀出端倪。他是如何冷靜從容，不動聲色地，在三重埔的老巷弄中拐彎行進。他不急著甩脫，只是踏著自己的步伐，像與影子跳舞，有時拐進窄道只能側身通過的窄巷，有時直闖死巷卻發現到底處別有暗道直通他處，有時穿過羊腸小徑竟柳暗花明敞開一大片無人空地，他更擅長鑽入一間間已成廢墟的樓房。他說，那些跟蹤他的人任務很簡單。就只是盯哨，看著他，找出他的破綻，並不是要直接來抓他的。他們等著他自投羅網。所以他作為一個被追蹤者，並不能逃，逃了就掉進陷阱了。他能做的，就是用各種方式，讓這些得在暗處進行的視線曝光而無所遁形。最好的方式，是徹底迷路。他對妻子解釋，迷宮不是一開始就存在，必須不存在。在他迷路到最深入，走到絕路之境時，一瞬間造成的。迷宮將他與世界隔離開來，也將跟蹤者的視線阻絕在外。迷宮的設計是不可見。他日日練習，已建造又摧毀無數次這些迷宮。如此，他一路存活至今。

至少在他的版本裡，他每次都成功逃脫了。彷彿他每天行禮如儀地去學校教書只是幌子，實際上他真正的工作，是與這些前仆後繼的跟蹤者遊戲。

每一回聽完他講完故事，鶯都會打著哈欠，夢話般的口氣回應：

「敢有影？敢毋是你烏白講？」

每當他聽到這話，他總會感到歡喜。像是得到某種允諾，安心睡去。他後半生惶惶終日，所幸總夜夜好眠。他歸功於娶了這樣的妻子的緣故。

3.

阿寬與妻曾有一陣子時常冤家。彼時他剛找到教職，在一間剛成立不久的初級農業職校教授英語。才落腳六張犁沒幾個月，就嚷著要搬家。妻子鶯不諒解。

畢竟前些陣子，當他開口說要離開新竹時，便引起了一場家庭風暴。大家認為，家裡花大錢栽培去日本讀書的阿寬，實在不應該在下份頭路還沒著落時，就毫無理由放棄新竹中學的教職。寬的母親，儘管身軀矮小，深居簡出，仍是以一族之長的身分出面解決。她在祖先牌位前，公開訓斥阿寬一頓。母親打了他一個耳光，趕他出門。實際上是默許了他的決定。都為此演了一齣戲，好不容易穩定了，他卻又決定要搬走。

跟離開新竹時一樣，鶯軟硬皆施，哭鬧或要脅或冷戰，皆絲毫動搖不了固執的他。她其實信任他，至少不反對他。阿寬是讀書人，說話算話，他總是在月初一拿到薪水袋就立即交給了鶯。寡言無趣，卻無比正直。

鶯只是想知道原因。

許多事情她不會追問，這是她這個人身上最美好的質性。偏偏是這回，她喉頭有個不知名的苦澀，無論如何都吞不下去。她想要追問得水落石出，像是積怨已久，一次就好，只要他能給個交代，他們夫婦可以一直用相同的方式活下去。她想著想著不禁委屈，不是因為窮困，不是因為有個失意的丈夫。是因為一個小小的，至少表面上合理的交代，甚至是藉口，欺騙也好，他也不願意給。

在她瀕臨極限，以為永遠不會有答案，即將決裂之時。他卻在某天回家，默默吃完晚餐後，沒有走進書房，而是到床邊跟假寐的她說：

「想欲搬厝，是因為囝仔半暝會哭。」

冷戰了許久，他終於說出這些話。

的確，他們搬來後，長子與長女哭泣的次數不尋常。鶯本身好眠，偶有困惱，但不至於無法忍受。她知道阿寬淺眠，即便沒有兒子夜裡啼哭，他也經常噩夢驚醒。孩子深夜啼哭或許因為，或許不適應，但終究不是大事。她沒想到這會讓平常冷靜內斂的丈夫如此介懷，以至於經過長期的冷戰與拉鋸後，聽到了這句解釋，她一時之間無法反應。

「伊是認真的。」她想。

她不再糾結，決定休兵，不逼迫了。不過她還有點想法，剩下最後一點事情需要確認。

一天下午，她將兩個孩子託付給鄰居，然後抓了一件丈夫的大衣與帽子匆忙離家。

穿著不合身的衣帽走在路上的她，並不確定自己想弄清楚什麼。

她走到丈夫的學校外頭。站在路口另一端，她偷偷看著學生們群群離去，接著是教職員一一走出。黃昏了，電線桿上拉出的影子愈來愈長，直到沒入了黑暗。直到校門快要關上，她才看到丈夫的身影從學校走出。

阿寬的身影比她印象還要矮小、猥瑣。她想象中，丈夫應是受人尊敬的英文教師，離開了學校，竟是如此落寞。沒有任何人與他搭話，說聲再見。她有點遲疑，她甚至覺得眼前這位男士是個陌生人，昏暗中五官都是模糊的。遠遠看去，他的眼睛凹陷，鼻子扁平，唇薄卻彷彿露出異樣的笑。

她不自覺地跟著這名彷彿陌生人的丈夫。

她想起阿寬在睡前總說著同樣的話，關於他怎樣被人跟蹤，又怎樣甩脫的故事。她不是不願意相信，是因為阿寬說這件事情的語氣，不是要說服她。反倒是暗示她，這一切都是謊言，都是夢，都是他為了取悅她（可是她聽到一點也不快活）或是戲弄她（可是這有什麼趣味呢？）。他為什麼費那麼多心思編造故事，編造自己被跟蹤，又像期待著她否定？又為什麼，從來不肯多說他被跟蹤的原因？

但此刻的她，也成為阿寬的跟蹤者了。一回神，阿寬已經遠離巷弄，往山丘走去。她擔心，如果跟丟，不僅是真相的失落，她恐怕真的會弄丟他。她不再在乎他有祕密了。她更害怕的，是他的失蹤。她已經把「他有沒有被跟蹤」或「她跟蹤他會不會被發現」等念頭拋在腦後。此刻，她彷彿看到他「正在失蹤」。都無所謂了，她想。她升起一股勇氣，是此生最為強烈的母愛。阿寬在她的心中，成為她的孩子。

「乍見孺子將入於井……」她喃喃唸著。她過去在學校被逼著背下的句子，在空白一片的腦袋裡反覆放送。她沒有心情去回想這句話的意義，因為阿寬越走越快，一閃神就會跟丟，而她也早就忘了回頭的路了。

不知不覺他們已經越走越深了。阿寬前進的方向與返家的方向相反，於是，他們周圍愈來愈荒涼。他們走到一片荒蕪的山丘上，到處雜亂以石頭與木板插上泥土作為墓碑，上頭的字模糊令人不忍看。

鶯感到非常哀傷。她忘了聽誰說過這個地方，可是親自走到這裡，心中充滿難以言喻的痛楚。這種令她喘息不過的悲哀，是她經歷喪子之痛時才有的痛楚。猶如她先前夭折兩個兒子時所感受到的徹骨之痛。

一座座散落的墓，像是潦草的字跡，寫著無言的叫喊。這些土地下躺著的，無論男女，無論老少，無論哪裡人，都是天地間夭折的孩子。

她提醒自己冷靜。她任由心劇烈地跳，看著丈夫。丈夫行走在墓碑間，非路之路，皮鞋陷在泥土與枯葉中。他神情肅穆地一一確認墓上的名字，不死心地辨認那些字跡。他喃喃低語，不知說著什麼。

「蚤起，施從良人之所之，遍國中無與立談者。卒之東郭墦間，之祭者，乞其余；不足，又顧而之他。此其為饜足之道也。」

良人。她陌生的丈夫，在這無主孤墳裡，以他的方式祭弔。在這陌生得令她害怕、幾乎要尖叫出聲的情況裡，阿寬突然停下了一切動作，在山丘的高處眺望著前方的亂葬孤墳。像是確認了什麼，也像是放棄了什麼。她猜到阿寬的心事了。她知曉阿寬想找的人是誰。而他是多麼焦急想確認他要找的人的名字不在這些字跡難辨的墓碑，又如此茫然地確認這份不存在。

最後，他肅穆的雙手合十，對著所有的孤墳行禮。丈夫變回那張她熟悉的臉，她知道他準備回家了。若還不想走，她可以等。毋要緊。

良人，良人。她心裡不斷響起這兩個字，無比溫柔地。

想起來了：「良人者，所仰望而終身也，今若此。」

他們沒有在這話題上角力了。好像，在她不需要解釋或交代後，他也就不堅持己見了。他找到了新的教職，全家搬到了三重埔。

此後，囝仔半暝抰哭了。阿寬仍然會在睡前說自己今天怎樣被跟蹤了又怎樣甩脫。她依然聽著，只是自從那回過後，她就沒有再跟蹤過他了。

4.

他是嚴父，卻吝於教養。於是造就了距離。

孩子們都知道父親是有學問的。家族間談到他，都相當尊敬。他在高中教授英語。他私下接了許多翻譯外快。他寫一手好字，毛筆或鋼筆。他將英文詩翻譯成日語，但從未給別人看過。他作漢詩，寫日記。這一切，都在他的書房裡獨自一人進行。

他沒有意願傳承他的才華，像是他一生所學毫無用處，亦像是自己的兒女並不是他所願餽贈的對象。他虛擲光陰，把自己弄成落魄模樣，江郎才盡。

事實上，他除了尋找教職的那段歲月外，再也沒有多一分想要出人頭地的努力了。他管教嚴厲，卻不教導所有他擁有的任何才幹。彷彿藉由這樣的不教之教，全盤否定自己所學。他灌輸子女最為保守、實際、無華、可謀生的處事觀念。像是若他的子女想要跟他一樣「當個讀書人」，他寧願打斷他們的腿，或寧願沒把他們生下來過，那般決絕。

於是，他的嚴厲，使得子女都受到良好的教育。可是沒有一人重蹈他的覆轍，成為無用書生。兒子讀工科，女兒讀商科，當個有用的人。

阿寬的次子阿增，在多年以後，當他的兒子也已長大成人時，有一回意外發現父親阿寬的祕密。這時阿寬已經離開世間二十年了。

那天，阿增經過兒子書房，聽見兒子唸著法文字母，突然喚醒他中學前夕的記憶。

那晚阿寬很罕見的把次子增喚進書房，說要在開學前教他一點英語。阿增戰戰兢兢，沒有時間猜想父親的意圖，他聽見父親說：

「A唸作『啊』，B，跟老爸的『爸（pē）』唸作同款，C，親像西方的『西（se）』，D，親像喝茶的『茶（tê）』，E，親像蚵仔的『蚵（ô）』……」

榮自顧自的講，不管兒子的反應。增只好一臉困惑的跟著。他要兒子跟著唸，再唸，完全不糾正，只叫他一直重複。直到兒子不知道自己在唸什麼，喉嚨啞了，他才放兒子回房睡。隔天，當次子增上了人生第一堂中學課，才發現英文唸法完全不是那回事。明明是一晚的事，卻是決定性的。即便他很快忘了那晚父親教的奇怪發音，英語卻是怎麼唸也唸不好。英文成為他一輩子的心魔。在高中當英文老師的阿寬，要求每個小孩要唸書，要上大學。可是從來不親自教導兒女英文。他的孩子們，在他的苦心下，沒有一個精通英語。

經過多年後，阿增在聽著自己的兒子唸起法文，才恍然大悟：原來那天晚上，父親教他的是法文啊。可是再也沒有人能回答，父親什麼機緣下學過法文的。又是怎樣的理由，他會在那晚這樣戲謔的狀況下，教導兒子這個他這輩子都不會用到的語言。

5.

阿寬在領到獎金時，或翻譯的外快領到錢時，都會帶著他的妻子到雙連一帶找阿盆三妗。

他會帶上一束鮮花，與一籃水果，穿著西裝與皮鞋去拜訪。妻子鶯也會特別穿上漂亮洋裝，盤起頭髮。這是這對教師家庭的平凡夫婦最為隆重體面的時候。

三妗的四個女兒與阿寬交好，即使他後來以落魄書生的樣貌過著餘生，在她們眼中，仍是年輕時候那個前途不可限量的青年。在鶯的眼裡，這個缺乏男性的家庭，面對阿寬的拜訪，像是迎接兒子般熱情。

她們圍著阿寬說話，問他在學校的情況，或幾個小孩的成長與性格。三妗會將花束解開，隨手插在劍山上，或插在水瓶裡，放在大廳桌上。她總是能拿出不同形狀與質地的水瓶與水盤，像是有默契般，不管阿寬每回去花市挑了什麼花回來，她都能將之安排在室內。彷彿吟詩作對。

鶯甚至有點嫉妒了。儘管她受過教育，少女時也被安排學習過茶道、書道、花道等，她仍然欠缺風雅。她對於阿寬的優雅氣質無比嚮往。即使後來很老了以後，成為老太太的她，回想起來依然會說：「嫁給阿寬，是因為他有學問。」

她沒料到，後來的阿寬會如此憎恨自己的一切所學。以至於他的作為，除了賴以維生的的英文之外，都像是在用力磨損自己的才華與天賦。他表現得跟她一樣平凡。

大概只有在三妗家的時候，她有些嫉妒有些感傷的，瞥見丈夫那份在她面前隱藏的風雅。她問過三妗，她的花道是出於哪個流派，三妗則笑著說什麼流派都不是。

她往往看得出神。在那花景的小小宇宙中，阿寬與三妗以及她的女兒們，退到了背景。這些花朵、花葉與枝莖，進入了另一種時間，無比緩慢的消亡時間。她看見花朵在抵禦時間，又同時以自身的生命作為代價在重述時間。她覺得自己看見了。看見了。雖然她說不出來。

這時三妗就會打斷她的思緒。三妗猶如儀式，每回都會端出一堆舶來品，女用鞄（かばん）、髮飾、絲質手帕、蕾絲手套、女用圓頂帽、胭脂要她挑選。她不得不回來世俗時間，衡量著預算，如何不失禮的拿出一點錢，換取這些比市值便宜許多的舶來品。她知道價格只是象徵性的，實際上那就是禮物了。

她滿心沉溺在這些漂亮的物事裡，將畫面以外的世界留給他們。對於他們此時低聲談論的事情，她一點打探的興趣也沒有。她只確信，他們離開的時候，丈夫會牽起她的手相當溫柔地與阿盆三妗道別。阿盆三妗一家會懷著無比的感激，噙著淚，握他們空著的那兩只手，再塞上一點小禮物。她與丈夫會稍微推遲，說不久會再見面的，不必多禮。但他們終究還是會收下那份心意。

她會在那莫名易感的微小悲傷裡，緊緊握著丈夫的手。儘管有點罪惡，她仍會忍不住想，好在，自己的查埔人不像三舅那樣失蹤。

6.

博學的阿寬會傳授給孩子的只有圍棋與紫微斗數。

在孩子要進中學的前一個暑假，父親便會召喚他們，在那兩個月期間的白天，面對面在書房裡獨處。從長子開始，一年一年，直到老么經歷完這儀式後才結束。

在這之前，甚至之後，與父親長時間獨處，都是非常難得的經驗。孩子記憶中，除了懲罰或訓話，父親與他們很少私密的互動。因此在輪到自己的那個暑假時，他們害怕又期待。他們當中沒有人例外，對於在那兩個月裡發生的事絕口不提。可是非常明顯的，他們心智會在那兩個月間產生變化，像是把捏好的陶土放進窯裡，出來後就定型了。阿寬也會以某種滿意的神情，看著這些成果。

這教育只在阿寬的書房裡進行，兩個月一結束，那扇房門便永遠關上了。他不會再談論這兩項技藝。他不再與他們對奕，也不再提到任何有關命盤與宮位的事。儘管他會在朋友來訪時，偶爾下幾盤棋，任由孩子在一旁窺看棋局的布局、廝殺、陣地的攻防。或是推算一下命盤，談論一下某人的命運與流年。孩子們還有好奇心時，會在一旁觀看，對照所學。可是他不會透露更多。他們漸漸覺得無趣，不久便不感興趣。關於那兩個月所學，如夢中風景，在進入中學後逐漸忘記。

倘若來得及問起，為什麼選擇這兩樣？又為何，半途而廢的，領兒女進門，又棄之不顧呢？

他的子女們沒來得及問他。即便後來他們終於知道父親一輩子恐懼的是什麼了，他們還是不明白學習這兩項技藝的用意。究竟是覺得那有用，還是無用，所以教之？

也或許，他曾一度思量著什麼，只是無從證實了。但他們都猜想，關於沒有人繼承他的思想與性格，他是無比寬慰的。包括這無用的技藝，忘了最好。

7.

他內心最大的恐懼，是三舅回來找他。他經常夢到，在直射雙眼令他目盲流淚的白色強光中，遙遠的一小色塊的人影，模糊得分不清楚是靠近還是遠離。他因此也愣在夢境裡，不知道是要向前追上，還是向後逃跑。這夢境已經熟悉到他後來總是很清楚那是夢了。每回夢到，他都會久病成良醫一般，強迫自己醒來。雖然熟悉，每回夢醒，還是讓他汗濕滿身。

他半是無奈半是自責，儘管這夢境沒有再更多了。他像是永遠被困在那裡一樣，即使醒來後，他還是一直躺在床上，漫長地等到天明。他覺得自己的靈魂還有一塊留在那裡，從來沒有回來。困在同個夢裡，醒在同個夢裡。

他聽說三舅死了，餓死的，或病死的，不太快樂地死去了。

他不太能理解的是，為什麼從前，信仔阿舅能夠神出鬼沒，能瞞天過海，能死裡逃生。信仔有無數的身分與喬裝，在各處祕密行動，在廈門、在上海、在香港、在東京、在京都、在基隆、在台北、在新竹、在高雄。信仔擅於在各種暗處行動，鑽進影子的縫隙裡策反與煽動，也勇於在光天化日下直闖難以侵入的地點，在被警方通緝的期間仍活躍四處。甚至連牢獄也限制不了。信仔阿舅該是全世界最為自由的人，最多故事之人。

崇拜這件事，他當然說不出口了。他偷偷讀著舅舅推薦過的書，接觸過危險的思想，小心翼翼地。他嚮往，卻裹足不前。何況，他的下半輩子就鎖死在這島嶼上了。他不敢回憶在日本留學的日子，甚至連日本人殖民的時代也不太願意回想。他認真學國語，除了教書需要外，也基於某種揮之不去的焦慮。他擔憂被拆穿。

他總是感覺，在那天，舊港上送別了阿舅之後，日子都像假的。

他一輩子為了守護那個祕密而活，包括收到三舅的死訊時。他甚至惱羞成怒，在三妗面前失態（她怎能接受這是「事實」呢？）。他亦沒跟母親傳達這訊息。一直到母親彌留，嘴裡喃喃唸著信仔的名字時，他才恍然大悟：原來母親早就知道信仔過世了。只是她與自己一樣不開口。他想，不說出來，就真的能覺得他還活著嗎？或是，不說關於信仔的事，其實是不希望他還活著。讓他歸於沉默，與死亡無異。

他們以為不去談論信仔的生死，便可以懸在那裡。可以想像他千百種躲藏的方法。譬如他遇過林木順的後人，堅持說他改頭換面，變成後來的林彪。

只是他們都沒有去說。不管是有憑有據的也好，憑空猜測也好，他們什麼也沒說。

原來，是自己把信仔阿舅的故事終結的。可惜的是，真要他說，即便賦予他能安全說出任何話語的條件，他也說不出任何的，關於那之後的故事了。

8.

在那次最終逃亡之前，阿寬就已經是信仔阿舅的共犯，從非常小的時候開始。

他幫忙過跑腿送信，送過檔案，也帶過口信給他不熟識的人。他相當配合，沒有多問。

他知道這種信任的意義。在這祕密的關係甚至共謀裡，他獲得超齡的早熟。很奇怪的，也許三舅有意為之，這份早熟並不使他世故，也沒有帶來傷害。只在很久很久以後，遺忘終焉時，才感到不知名也不知何處而來的悶痛。

至少，他當時是快樂的。他清楚，如果克制不了好奇心，拆開了信件，或多問了一句，與那些人做了不必要的接觸。那些隱匿的事實，仍然會在重重的保護與編碼中安然無恙。他不會被懲罰，畢竟信仔阿舅早就做好萬全的準備。阿寬只會被排除在合作夥伴之外，被安放回安全的大街上，再也接觸不得。這對於他而言，就是懲罰了。

他自小最大的遊戲，便是追著阿舅的影子跑。他學習辨認阿舅刻意留下的蹤跡，哪些是誤導，哪些是暗示。他甚早學會阿舅的技法。信仔阿舅留下的痕跡往往不是曾經，譬如他待在哪裡、接觸過什麼人、說過哪些話、組織哪些事。信仔留下的痕跡，暗指的是未來。所以追趕的意義也在此。一但辨認出他留下的痕跡，必須與時間賽跑。不是因為痕跡證據會消失，而是因為你若不趕在那之前破譯，並早一步到達，阿舅就會趕過那符號，到了更遠的地方去了。

倘若掌握得當，會像是心靈默契般，彷彿不經意地，在指定的時地會合。像是舞台的燈光亮起，演員早已站定，說出各自的台詞，做該做的事。故事繼續，在觀眾眼裡一點破綻也沒有。

他完成過許多次，並以此為傲。年輕時，比起他讀書上面得到的關注與榮耀，他更得意於被挑選出來，幫助三舅完成任務。這些任務沒有掌聲，沒有觀眾，甚至危險、辛苦與神祕。他一直藉由這樣的方式證明自己是獨特的。然後，在最後一場戲，那個他此生不再踏上的舊港上，他不確定自己有沒有來得及趕上，表現稱不稱職。不論如何，遊戲已經結束了。

剩下的，是他的成人生活，是他的餘生。

抑鬱不得志。後來，包括他的妻子與子女都這樣認為了。他的人生可以總結於「懷才不遇」四個字。他沒有辯解。他沒有不得志，至少他自己這麼想。在那嚮往的身影消失在舊港後，他的人生已經再無志願。他剩下的，是守護的意志。守護著那儘管渺小、儘管世俗，卻攸關他尊嚴之事。他願意放下筆，拋下書，抱緊屬於下層結構的萬物，與蒼生同列。儘管如此，他真的沒有不得志，真的沒有。

那更像是一種惶恐，一種茫然，舞台燈突然暗了，幕落下，主角消失，沒有人告訴他戲結束了。以及，結束了他該怎麼辦。

他不知道自己該扮演什麼角色，也不知道舞台在哪裡。他曾經以為屬於自己的時代終會到來。在歷史的舞台上，曾經有個身影離他那麼近，近到他以為自己也參與其中了。然而不論是三舅或是他，終究被歷史掃進了垃圾堆裡。

他的時代沒有到來。他只能勉力跟上新的時代，學起了新的語言，扮演著被分配的角色，卻始終不明白自己是誰。

9.

那年二二八的前後，阿寬宛如失去三位至親。

第一位是他的父親，長期肺病的糾纏，總算讓他嚥下了最後一口氣。

第二位是他的舅舅，在阿寬的掩護下，就此失蹤。

第三位是她的母親，從此之後幾乎不能言語，活在她自己的房間裡。

母親過世後，阿寬自願整理房間遺物。發現除了五斗櫃整齊折放的衣物，木頭混著樟腦的味道已經消散。一套棉被與枕頭。一串念珠。此外空無一物。他覺得自己的存在，是侵犯了整個空間。他退回門前，雙手合十，對著房間拜了拜，小心地拉上門，不發出一點聲響。

後來他習慣了，那些跟蹤者，實際上不能再傷害他半分。他已為自己的生活服喪，漫長而沒有期限。他寧願繼續當作信仔阿舅是失蹤，以免夜長夢多。畢竟他的夜晚已經夠長，再下去就沒有盡頭了。時光推移，沒有人來抓他，也沒有人來問他。終於，他完成了遺忘。直到看到了母親的房間，他才體悟到，除了舅媽外，母親也是與他一同守護祕密之人。

他記得小時候，原來就不愛出門的母親，總是能知道三舅人在哪裡。她說著一些她這輩子不可能去過的地名，或是她不可能接觸的人。她猶如親見，說出她的弟弟現在在哪，與哪些人在一起。

在二二八之後，她幾乎再也不說話了。原本就矮小的她，縮進了自己的房間，即便是過年，也讓人送飯進房門。婚喪喜慶或裁決大事之外，她幾乎不露臉。唯有這樣，才能真正的隱匿。直到所有的追蹤，到頭來只會發現，追蹤者自己的痕跡都比他們追尋的目標還要深。若堅持下去，只會陷在自己製造出的追尋痕跡裡，而從此無法脫身。

阿寬唯一欣慰的是，他原來以為，那會是個陰暗無比、空氣混濁的房間。然而親自走進去，房間如此乾淨明亮，幾近透明。他放心地與母親告別，就此別過了。

第六章

通譯者

1.

那是一個理想的國家，嶄新的、充滿機會的，任何出身都可以闖蕩的新國度。

一九三二年春，若不是當時信仔已經被捕入獄，阿仁會希望弟弟放下那份事業，隨他來滿洲看看。他會一邊拿著報紙，指著上面的照片，那位現在叫做「執政」的宣統皇帝，對他說：

「伊共我講過話。」

他相信人是有皇帝命的。就像弟弟信仔有英雄命一樣。他第一次見到皇帝是在一九三一年底。於旅順，他站在土肥原大佐的身後負責翻譯。

前不久，皇帝居住的日本租界張園，有人送來一簍鮮貨。盤問之下交代不出原因，守衛請示長官，決定拒收。回頭卻發現送貨者已不知去向。那簍子特別沉，一掀開，放著兩顆炸彈。驚動了日警，也讓土肥原大佐帶著親信趕來。他們對皇帝說：「乃國民黨之所為也。」他們說服皇帝，國民黨希望在日租界內引起紛端，掀起民族主義，將日本人與舊清勢力驅逐。

於是他們護送皇帝到旅順，安排一棟洋樓給皇帝落腳。他記得除了土肥原大佐的人馬外，見到皇帝的那天，還有位非常老非常老的先生，穿著打扮還是清國模樣。他們說他是羅振玉，清國遺老，非常有學問，皇帝很倚重他。大佐希望羅振玉與孫孝婿可以說服皇帝，為了大局著想，應該接受日方的提議。待得理想國成立，關外的秩序得以穩定、繁榮。無論漢人、日人、滿人、蒙古人、朝鮮人，更多更多的人可以來這裡，作著滿洲夢。

在這關鍵的歷史時刻，他恍惚著。作為一名中日之間的通譯者，在最好的狀態，以自己的嘴，轉達著大佐的話語給皇帝。他感覺自己是透明的，最好是透明的。在每一次通譯間隔的短短幾十秒鐘，所有人凝神聽他說話，閱讀著氣氛，面部肌肉細微的抽動。他在場，他想，但又不像真的在場。像走進別人的夢裡，張口卻沒有人聽見，沒有人回應，沒有人發現他在場。

通譯的場合總是這樣的，剛踏上這條路時，太在意斟酌語意，說話太生硬，猶如初學異國語，支支吾吾吐不出半個字。

他原沒想過當起通譯者的。最早，渡海前來時，他在天津日本郵務局擔任中日溝通人員。他雖然胸懷大志，卻始終自知才疏學淺。能離開台灣，處理郵務間充當轉譯，他安慰自己，這也算天生我材必有用。他總愛掛著這句話，卻以為自己沒別的才能。若不是有了機緣，他這輩子可能都不會知道，自己不僅有特殊的才能，而且參與著歷史

當了一兩年郵務員，習慣中國北方的水土風俗。一日，他在台灣友人轉介之下結識先輩李漢如。李漢如是讀書人，過去曾與日人伊藤政重創立「新學研究會」。他寫文章，在《台

灣日日新報》任職多年。漢如先生雖然不是檯面上一流人物，但他積極來往於商界政界，奔走於國民政府與日本當局間。在檯面之下，知曉內情的群體中，也是受人尊敬的。就在漢如先生的引薦下，他辭去職務。從此在政商要人宴客場合當中，「敬陪末座」的位置現身。

最初的入行規則，都是漢如先生教他的。要成為像樣的角色，愈是有抱負，愈是千萬要忘記自己的厚度。在通譯的場合，要學會把自己切得薄薄的，透光，透氣，但是切勿妄自菲薄。漢如先生且提點他，回想庖丁解牛之道理，如何「以神遇而不以目視，官知止而神欲行」，如何「以無厚入有間」。還有，最重要的，若欲事成，必「善刀而藏之」。

他入行後很快的勝任這工作。每回有他在的場合，談事往往順利。他鮮少在大場合擔當要職，多半是陪襯，以備不時之需的情況被帶去。他謹守分寸，盡力讓自己薄如紙張，所有透過他的話語，皆乾淨透明，讓人忘了隔閡。

他見過許多人，譬如洪憲六君子楊哲子、浙省總督呂公望，亦隨著黎元洪走往數個政商場合。才經得數月的磨練，在天津日租界經歷過幾次大場面，他已十分熟悉處世之道。只是他有時覺得自己終究不成大器，他就是庖丁手上的那把刀，任人用了都上手。那也就罷了。

他已經習慣，人明明在那裡，卻沒有人問起他是誰，他從哪來，是哪國人。包括來往頻繁的日人與中國人，大部分的情況下，他不被視為任何一方。他代表過日方，也代表過許多中方不同派系人馬的通譯者。他是中性的，無論與誰工作，都沒染上雇用者的氣息。他並不志得意滿，亦難肯定自己。經過幾年，他已放棄任何做大事做大官的念頭。可是他冀望，若是可以，有朝一日能見到和平，無論是誰，都能共處與繁榮。

可惜他嗅覺如此靈敏（否則也無法在這行裡得心應手），他知道害怕衝突的自己其實生不逢時。他活在最多衝突的時代，流落在最多衝突的地點，面對最多衝突的群體。順著通譯者的工作需求，他愈來愈頻繁在軍隊之間溝通談判。

不僅天下太平不可指望，他如此深地嵌在時代當中，內心也難以平靜。他經常胃痛與神經衰落，夜夜噩夢著戰爭爆發。別無選擇，他只能每日吞著痛苦，打起精神在眾人間，作為一個聲音，卻彷彿不在場。他說服自己，既然天生我材必有用，能為人所用，必有其意義。別無選擇或不選擇，都是種選擇。是他的選擇，成為一個稱職的人。

他其實已經累了。亂世在哪，他就在哪，陀螺一般旋轉著，打著、甩著，卻知道不能停著，停了就會倒了。他更怕自己一失手，造成更多生靈塗炭，亦擔憂站錯了邊，成為通敵賣國者。他更憂心的是，到底，賣國賊的帽子，是被日人指控？還是被中國人冠上？

他說的話愈多，愈覺得自己無話可說，內心裡，是徹底沉默了。這樣也好，他想，有了想法反而礙事。工欲善其事，必先利其器。自己的想法與情緒，甚至他任何的標記與身分，都可能鈍了這把刀。有一晚，他想起「唇槍舌劍」的典故，喃喃唸起：「憑著我唇槍舌劍定江山，見如今河清海晏，黎庶寬安。」如今，他的唇舌亦是槍劍，然而江山未定，蒼生未安。不禁悲傷，壓抑著放下一切歸台念頭，不背對命運。至少，一件事就好，證明他離鄉數十載並非白費。

以致於，當著眾人的面，談論國之大事，牽動中、日、俄之形勢的場合，前清國皇帝直接對著他說話時，他一時之間啞口無言，不知如何用「我」接受話語，並以「我」回應皇帝。他剎那間冷汗直流，甚至以為自己會人頭落地，就此喪命。

他記得，當宣統皇帝即位時，他剛在私塾裡習字。他偷偷撿了大人看完的報紙，艱難地辨認漢字。配合著街坊鄰居渲染的耳語，既熟悉又陌生地談論起小皇帝的故事，愣愣地聽著慈禧太后、光緒皇帝這些名字，他只專注地想像小皇帝的樣子。他逗弄著兩歲的弟弟，一面尋思，同樣是丙午年出生的弟弟，一輩子都不可能當上皇帝吧？命運這兩個字模模糊糊的，就像後來他終於看到的，小皇帝的照片，臉鼓鼓的坐在那裡，一雙眼看著前方，不知道迎接在眼前的是什麼。

到了辛亥革命時，他認識的字更多了，也拿起日本小學校課本，試著追趕上同年齡日本小孩的進度。他可以憑自己的力量讀起日文報紙。他略去其他的訊息，追問著小皇帝的去向。弟弟信，這時剛進小學，展現他更為聰穎的天資，與領袖氣息。他一面看著，一面想著

退位後仍在紫禁城的小皇帝，

當時大佐與皇帝身旁的幕僚已經將情勢利弊分析過一輪，等著皇帝點頭。皇帝表示剛受過驚嚇，一時間混亂，國之大事，不得輕率決定。大佐與幕僚神色凝重。皇帝畢竟是皇帝，明知他終究是個遭人利用的魁儡，然而威嚴還是有的。眾人猜測皇帝的想法，或許他正想起自己幼年登基與退位，或是丁巳復辟那短短十二日。對於滿洲這塊祖先之地，究竟懷抱什麼想法，無一人知。

阿仁想得出神，思念著親弟信仔，忽聞皇帝問起：「你是打哪兒來的？」他自浮想驚醒，還想將這句話翻給日人聽。卻發現皇帝的一雙眼正打量著他，若有似無地微笑。他張口無語，支支吾吾幾個無意義的聲音後，腦袋發熱的回答：「微臣乃福建漳州人也。」

沒有人敢笑，或是責罵。阿仁話才出口，才知若要追究，恐怕後患無窮。情急之間他避免透露台灣人身分，祖先雖是閩南人，踏上中國土地後，未曾遊歷江南一代。若欲追問，不但無法隱瞞，更犯了欺騙之罪。而妄言「微臣」，不但弄巧成拙傷了皇帝自尊，也可能日後被日人審問時，成了叛國的證據。

他腦袋一片空白，不確定自己是否處於幻想中。

大佐與皇帝又開始說話，剛剛令他慌亂的問話彷彿沒發生過。驚慌過後，他無心理解內容，下意識的翻譯，像個機器般。話語開始加速。漸漸地他忘記所處的危機。他嘴巴越動越快，舌頭在嘴裡彈跳，不受他的控制。口腔裡滿是唾液，舌頭像條泥鰍在嘴裡滑動著，他忍不住多了手勢與動作。他的聲音與口吻像極了說話的人，若是閉上眼睛，彷彿聽著土肥原賢二與板垣征四郎說起中文，或是皇帝、羅振玉一口流利地說起日文。

原本阿仁並不是唯一個通譯，甚至不是官，只是在陪襯或是助手，幫助溝通順暢。但這時所有人，不管是略知另一個語言，或是中日雙語都熟稔、同樣是出生台灣的謝介石，都退開讓位，彷彿他是主角。所有人著魔於他的表演，忘記了語言的隔閡。有時即使雙方熟悉同一種語言，也未必沒有隔閡。何況這種一念之間牽動百萬蒼生的場合，計算不可免，一點語意或語氣的差異，皆可能導致誤會。他一向戰戰兢兢，這時卻喧賓奪主，像個雜技演員，拋接著所有話語，輪轉在手中，在他的上空成為一幅讓人目不轉睛的動態圖景。若有人注意，會看見他雙手以極快的速度，絲毫不沾地接到話語又拋了出去，乾淨的猶如語言原本就是那麼透明。

他看見了透明。在場的人，只有他看見。從那回開始，他便無法不看見那透明。他說話，透明出現。透明穿過他自身。話語原來是混濁的、有色的，甚至有時候，話語還有味道。他通譯時，卻淨化了語言，將言說者的心緒澄淨，成了一個只有他看得到的透明空間。所有人在裡面，都彷彿徜徉在夏日的冰涼溪川，或像雪國裡冒著白煙仙境般的澄澈溫泉。他看見，確實看見，在那裡，透過那透明的語言空間裡，他們享有暫時的，隨即忘記的歡愉。而他也看見自己的透明，他看見語言兩端的人，說話者與聽話者，他們的眼裡並沒有他。他看見透明與自己的透明，猶如他人看不見透明亦看不見他。

他的情緒激動，同時冷靜。他那一刻體會到什麼是死亡或遺忘，而自己並不害怕。如果可以，他願意一直說著話，願意多學幾種語言，英語、俄語、滿語、蒙語，一輩子不再說自己的話，只用自己的嘴澄濾他人的話語。

皇帝這下也忘了他，眼裡沒有他了。不過罷了，天地之悠悠，少時理想與抱負有如幻影。他本沒有資格在大人物眼裡占有任何位置。生於世亂國變之秋，在千古風流人物間，親歷與目睹國際事件的祕聞，原就是他不可奢望之事。只是沒人看見，沒人記得他，於是將來，也沒有說出來的必要了。反正不會有人相信這無名小卒的話語。他在失去意識前，為他目前為止的人生下了結論：經歷了這些不可思議之事，他付出的代價很小，很小了。

他記得非常清楚，因此接納了發生在他身上的事。他已經見過，也將見到更多的，關於代價有多昂貴這件事。

2.

那天結束，他足足躺上了兩天，發著高燒，囈語不斷。據說，他這段期間，說著清楚的夢話，卻沒有人知道那是哪裡的語言。他的跟班相當好奇，偷偷地找了幾個人來聽，竟無一人猜測出他說的語種。他且切換了不同的聲調，也彷彿說了不同的語言，跟班們敬畏不已。關於他的耳語，在底層流竄著。

阿仁醒來以後，感覺死裡逃生，同時混著欣喜、惆悵、恍惚、心有餘悸的情感。他隱約想起過去未曾細想的事，被封鎖的記憶呼之欲出。他冷汗直流，也許沒人相信，那日的場景，在他突然迸發出的能力下，影響了整個會談的結果，也影響了歷史。

可怕的是，他感覺這不是第一次。不是第一次他讓語言變得透明，讓語言把自己變得透明。而這透明，讓世間原先不透明、不可見的東西變得可見。讓事情發生，無法挽回。

有某個回憶呼之欲出，令他相當難受，但似乎有什麼力量阻止他想起。正當只差一步就能喚起回憶之時，門外突然有人來訪。

那人外表溫文儒雅，眼神裡透露著理解。衣著低調，身邊只有一位僕役。

訪客自我介紹，乃東北名士趙仲仁。這個人阿仁聽聞過。趙氏乃呼倫貝爾交涉員，亦是當地實業家，與眾多勢力互有來往，也與日人交好。

他一開始如大夢初醒，愣愣看著這位人物。只是趙氏一開口，他便理解此刻兩人會面的理由。趙氏開門見山說道，關於阿仁在工作上的表現，他早已觀察許久，甚為讚許。幾年間他打聽過京津一帶的協商者，對於阿仁的品性與能力，乃至天命，皆十分看好。如今來訪，已不僅視之為一名通譯者，更需要他在場那份臨機應變，能化險為夷的協商能力。換句話說，趙氏的來意，是希望阿仁到他身邊工作，成為一份交涉員。

在趙氏進房之前，他內心正在死胡同裡。心志動搖，甚至想就此歸隱了。趙氏卻在此希望阿仁切莫妄自菲薄。幹這事業未必會飛黃騰達，亦非享有榮華富貴，有時還得在閻王面前閃躲，一不小心就歸天。趙氏說服他，古有燭之武退秦兵、有毛遂自薦、有蘇秦為六國宰相、有張儀連横，當今世道豈不亂世哉？大丈夫於世，若不立下一二件不朽功名，豈不有愧於天地？

阿仁來到中國那麼久，有許多知遇之恩，介紹他機會，但這是第一次有人如此懇切說服他。具體來說是什麼他不清楚，至少是「別的事」，是「大事業」，可以令他如同過往對自己的期許那般，對天下有所貢獻。

他雖在危境中討生活多年，緊鄰戰事，隨時有殺身之禍。今早一經細想，儘管尚未通徹，也隱隱感覺，一路以來，若非命不該絕，他早已成無名冤魂。經過這幾年，他終於承認自己是貪生怕死之徒，無法像弟弟信仔如此隨時有捨身覺悟。好運總會用完的。他自認渺小而易被遺忘，實不該再冒險於求取功名。

趙氏的一席話，卻讓他消解疑慮，明白自己的價值。猶如醍醐灌頂，茅塞頓開。

他收拾行囊，寫了三封家書。一封給留在天津的妻小，要他們照料自己，並安排後路，必要時先回台灣，勿多逗留；一封給大姊，盼她勿掛念，弟弟與他為著不同信念拚鬥，然而都是存有一分善念。這封信未透露太多，以免姊夫幫她唸信時起疑；一封寫給弟弟。說明他最終做了決定，斷了猶豫。

第三封信他帶在身上。藏在他的隨身包袱裡。他與弟弟魚雁往返數年，各自透過迂迴的管道。他們的信息如此隱晦，像是平凡的家書，談論天氣、飲食、健康，或交換親友的近況。文字底下是如履薄冰，深怕一個不謹慎，陷彼此於不義外，牽連不知多少人。他在當郵務員時，學習到許多逃避掉檢查的方式。饒是如此，他成功交到弟弟手上的信，不過三四成而已。他猜想信仔那邊也是相同的。他們的信像是兩個單向道，不知能否傳遞出去，亦不知何時能收到回覆。他們便默契地，每封家書裡，皆不盼望回信。

信仔一陣子毫無音訊。他猜想信仔在獄中，也許不方便通信。為了不多滋事，他藏好信件。既然眼前的風險並不會更小，索性當作遺書。在遭逢不幸之時，留下隻字片語，也沒那麼冤了。

他前去赴約，隨著趙仲仁前去黑龍江省拜見馬占山。其時遼寧臧式毅、吉林熙洽皆表示合作，共同扶植溥儀滿洲國。唯馬占山搖擺不定，剛與日軍進行會戰，儘管日軍成功攻下齊齊哈爾，馬占山的聲勢卻水漲船高。若能說服他歸順滿洲國，並予以好處利誘之，必對於東北和平發展有利。

他隨著趙仲仁居中協調，安排板垣征四郎、謝介石到馬占山的根據地密談。趙氏推著阿仁站前一步。通譯之前，他深呼吸，回想一下那晚的感覺，再次展現那份能力。他通譯起眾人的話語，一面充滿感激，頻頻朝趙氏回首：他無比放心，在這說話的時刻，只有趙氏看見同樣的透明。換句話說，在場所有人因為他製造出的透明而看不見他時，只有趙氏看得見他。

最終，馬占山同意條件，在滿洲國成立後將任命為黑龍江省省長。最大的隱憂解除，新國家的成立亦相當快速。

他如夢似幻。即便背後有多少交換與勾結，多少一觸即發或正在發生的戰事，他卻感到生平罕見的平靜。像是第一次真正認識平靜的意思。

他出生時，台灣已屬日本帝國。從小，他在私塾瘦弱的夫子那，聽夫子激烈說起「亡國奴」與中國歷史上諸如「靖康之恥」等事件，或是在長輩口中提到甲午戰爭、馬關條約等過往。在他還不那麼懂事的時候，隱隱覺得自己失去了什麼。然而在他少年時期被改朝換代的大清帝國，如今竟在他的眼前以滿洲國重生。清國皇帝愛新覺羅．溥儀，成為「執政」。滿洲國在他的腳下無盡延展開來，這是他未曾再次見過的遼闊土地，彷彿沒有界限。

這一切，與他這般經重重偽裝、分不清楚國籍的台灣人來說，到底有什麼關係，他說不上來。

他無暇思考。馬占山那邊的暫時妥協，還存在著隱憂。此外，俄國覬覦，中國人的仇日情緒，共產黨的四處煽動。這些，都令他們憂心忡忡。趙仲仁每晚與他徹夜深談，憂國憂民。

即使如此，他在這當中感到一種獨特的幸福。儘管只能盡綿薄之力，然而他們所盡心盡力的和平，超過了民族與不同利益。他來到中國，在不同勢力間一直猶豫。到了此刻，總算心安理得。他們東奔西跑，與時間賽跑。局勢並不樂觀，和平只在表面上。日本國內，以及國際的不信任，危機四伏的狀態下，阿仁已將個人死生置之度外。他們不停與關東軍的幕僚開會，在各方勢力間協調。

一九三二年二月，張景惠、臧式毅、熙洽、馬占山、湯玉麟、齊默特色丕勒、凌陞等各方勢力成立東北行政委員會，準備脫離國民政府。滿洲國的建國算是底定了。

短期間，他已經成為獨當一面的交涉員，以通譯者的名義跟隨著趙仲仁。滿洲國成立後，趙氏擔任協和會理事。他們不變初衷，不改其志，那幾個月的時光，對阿仁來說像是一輩子，無法一語道盡。

他們掌握消息，馬占山在黑龍江仍然密謀抗日，暗自籌備物資與武器。趙氏遂決定以子之矛攻子之盾，策反曾是馬占山部屬卻深具野心的程志遠。

程志遠那邊溝通極為順利，不僅在馬占山在預料內的起兵時按兵不動，也成功招降馬占山麾下四個旅之旅長。馬占山兵敗，逃至蘇俄，而程志遠接任黑龍江代理省長，爾後扶正為省長。

棘手在於事成之後。程志遠畢竟作為舊時部屬，曾與馬占山一同抗日。背信忘義，賣友求榮，如此作為實在難得人心。平生大半皆在尋求快速晉升之道，而未曾有一日立足於當地。很快的黑龍江一代人民的反抗之聲四起，甚至懷念起國民政府。失民心外，其他省份的勢力、關東軍與滿洲政府，皆無法信任此無情義之人。趙氏語重心長，要阿仁引以為戒。今日是別無選擇，令此君分化勢力，太平之時萬不可予以大任。

阿仁同意趙氏說法，只是除此之外，他還隱隱察覺到難以言喻的不安。局勢變動太快，比戰爭還險惡，前日風光得勝者，隔日一敗塗地。

數月不到，程志遠的官途已到末日，他被奪去實權，調離黑龍江，至首都長春擔任參議府參議。

趙氏先行一步發現異狀，他對阿仁說，他生長於黑龍江，不論由誰統治，百姓的福祉優先，必須穩定政局，方可安居樂業。程氏若不甘被貶，在此關鍵之際，好則就此招安，壞則如殘火反撲，一發不可收拾。程志遠雖無治理大才，卻有亂世梟雄本事。他已在短期之間，以個人怨毒之氣感染失勢軍閥，或權力岌岌可危之士。經線報指出，他亦勾結蘇俄與共產黨，以擾亂滿洲國政府與關東軍為目標，將東北與華北陷入動亂，再藉此重返權力。

趙氏臨行前與阿仁促膝長談。他們預感，此行凶多吉少，乃是以一己之力挽救未然之災難。阿仁決心跟隨。捨身取義對他而言過於遙遠，但總算有肝膽相照之情。他內心澎湃又壯烈，此行他視死如歸。

到了程志遠官邸，見他目露凶光，說話極不客氣。程志遠對著趙仲仁一行人再三控訴關東軍背信忘義，若不給個交代，天下如何得來，將如何失去。

阿仁與趙氏極力安撫，說明亂世與治世截然不同。而今已是理想建國，不應眷戀先前馬上征戰風光。如今眼見承平之日到來，與其在黑龍江當一方之霸，更應珍惜身處中央所享有的榮華富貴。

事情來得非常快，沒有爭吵，沒有預兆。

趙氏看似累了，要阿仁接著說。期間，程志遠一張臉僵著，介於面無表情與微笑之間，不知盤算為何。在趙氏的鼓勵下，阿仁認真的說話，說著特殊的、不屬於個人的言語，能讓一切純淨的言語。時間變慢，人的動作、表情變得溫柔。

只是這溫柔依然停止不了時間，與即將來臨的災難。唯一能做的，只能讓阿仁無比清醒且無比清楚地見證死亡的發生。

他看到程志遠從腰際間掏出手槍，像是掏出菸斗、打火般泰若自然。平靜地緩緩舉槍對準阿仁他們的方向。阿仁內心感到恐懼，卻無法反應到身體上。他動彈不得，眼睜睜看著自己將成槍下亡魂而呆若木雞。在慌亂之中，他聽到背後的趙氏對他說：「欽仁，勿輕舉妄動，繼續說話。」

阿仁說著話，卻不知道說了什麼。為了說而說，與有苦難言一樣難受。說著話像是嘔吐。他日後回想起，只記得當時口乾舌燥，舌頭發麻，喉嚨著火般難受。同時他的眼淚奪眶而出，淚流不已，視線全糊成一塊。

時間放慢，放慢，直到所有的畫面像西洋鏡一格一格播放。程將軍的表情半笑半怒，十分陰森。將軍舉著槍，槍響火光子彈迸出，阿仁看得一清二楚，彈道擦過身邊，一槍，兩槍，三槍，四槍，五槍，六槍。他感到溫熱的液體從背後噴濺到身上。他想叫喊出聲，口中卻滿滿的話語，哽住了他的吶喊，繼續不由自主地說話。

在拚他盡了力，總算能轉頭望向身後之時，趙仲仁極為虛弱地對他說：

「走，莫回首。」

他嘴裡繼續無意識地嘔吐著話語，一面走向牆邊，從窗爬了出去，落地時還摔著。忍著痛，淚流著，背上趙氏噴濺上的血也滴著。他遠離現場，同時瞥見眾人急急忙忙衝向會客廳，慌亂如熱鍋上螞蟻，卻無人指揮行動。依稀聽見，這情況得叫日本警察前來，才能處理。

他氣已衰，泣不成聲地喃喃自語，來來往往的人群中，沒有人注意到他。他知道自己又變透明了。而言語像是一場熱病，他發著病不停說著。他一路嘔吐著話語，走到下榻的旅社，再度昏了過去。

3.

想起來了。

他醒來在旅社的床上，像是那回見完皇帝的昏睡而醒的光景。恍如隔世，像是這幾個月沒發生過任何事。當時，那個答案呼之欲出卻因趙仲仁來訪而打斷的思路重新接上了。

他不急著想起全部。託人購買了一份《讀賣新聞》，上頭刊著程志遠的照片，與死者趙仲仁。另一位死者李義順，時任滿洲國宣化司司長。據聞，李氏當時聽到槍響，以為是趙氏開的槍。沒想到趙仲仁躺在一片血泊之中，雙眼睜大，胸前、腿部傷口還噴著血。還沒來得及反應的李義順，就被殺紅著眼的程志遠拿著斧頭迎頭劈開腦門，當場死亡。被逮捕的程志遠斷定精神異常，遭日軍特務機關羈留。

報導裡沒有出現阿仁的名字。他苦笑了一下，也是，不論是光榮或是不光彩的事件，他在歷史上都不占有任何位置。

重要的是，他想起那個只差一步可以回想的事是什麼了：這不是他第一次與死亡錯身，逃過一劫。

那段記憶，因為當時過於害怕，或無法理解而被抹消了。他拋棄身分，扮演成另一個人，連關於那件事的記憶也不復存。他知道弟弟信仔更善於此道：虛構一個人物，然後扮演他。阿仁想問弟弟，是否會像他一樣，換了身分不見得為了展開新的生活，而是為了遺忘？他確實做到了，之前在鬼門關前走過一回，卻在如鼠輩鑽入角落那般，鑽進了另一個身分後，徹底拋棄記憶。

那是關於他最初到東北的回憶。如前述，他在李漢如的介紹下，在直隸省的政商名流間輪轉當通譯員。後來，因緣際會下，認識了張作霖的愛將楊宇霆。進而成為他的幕僚，時常與之商討大事。期間他偶爾靈光閃現，提了不錯的意見，例如鋪設北京通往大沽口的輕軌。

距離雖短，但對於發展貿易有極大效應。他因此受楊將軍的嘉許，進而推薦給張作霖將軍，擔任與日軍溝通的隨扈通譯官。

他喜不自勝，認為自己抓到了機會，或許賭對了邊，跟著張作霖將軍，哪日擔任小小官職亦有可能。當時弟弟來信裡暗示了他的擔憂，可是阿仁並未留意。

事件發生那天，他隨著張將軍會見了幾位日本軍官，土肥原賢二、村岡長太郎等。他一直小心隱藏台灣籍身分，深怕一但察覺，會以日本的名義徵召他。他們談論起南滿鐵路的經營問題，他不太理解，如實翻譯，沒有大差錯。

他以為任務結束鬆口氣時。土肥原大佐走到他身旁耳語。大佐告訴他，阿仁是台灣人一事，日方少數人已經掌握，在將來極需要他這樣人才。若回到瀋陽遭逢什麼困難，他那邊有人會接應。大佐並預言，他們日後一定會再相遇。土肥原甚至進一步暗示，若來找他，他必定為阿仁安排新的身分，可以在中日兩端吃得開。

阿仁無暇多想，也不願鬆口與日人合作，姑且聽聽，並預想著隔日和張作霖將軍回奉天之後的行程。

隔天，返回奉天的途中，經過皇姑屯站，爆炸聲起，一陣天崩地裂，火光四起。一瞬間阿仁以為遭遇敵軍埋伏襲擊。

列車懸空，他被甩出了車廂外，幸運摔在一片高粱田上，昏了過去。他被一陣慌亂人聲吵醒，口渴如灼燒，渾身是微小的擦傷與燒傷。他一拐一拐走進人群，呼喊著救命，卻猶如空氣般，無人答應，也無人注意。他看到，人群中圍著搶救著一個人，是他的長官張作霖，眼見快死了。他無視軍令與責任，畢竟在場所有存活的人，沒一人在意他、想起他。在這過於意外的死亡前，他的活，猶如螻蟻，輕如鴻毛。

他步行走到瀋陽，沒能理解發生了什麼事，回到住處昏睡過去。模糊間聽見：張作霖已死。

這是他第一次被遺忘，在眾人面前變得透明。

第二次很快再度發生。

休息一兩日之後，他回去找楊宇霆。楊氏特別支開親信，單獨會談，仔細推敲。他希望楊宇霆能跟他說些什麼，關於張作霖之死，關於是否為日軍所為，或是將來的方向該如何。楊宇霆嘆了口氣，最後說：「罷了，沒事，忘了吧。」

實際上當時的情勢也無暇細問。楊宇霆與常蔭槐為了穩住權力中心，積極交涉，阿仁跟著他們，每日早出晚歸，頓時也著眼於當下情境。此舉使得剛上任的少主張學良懷疑楊氏與常氏別有異心，認為他倆亦欲奪權。張學良不待父親舊時部署商討，回絕日本田中首相特使提議的滿洲獨立計劃。楊、常二人斷定少主下一步必然宣告停戰，與蔣介石合作。為了避免東北分裂，使日、俄有機可趁，亦在東北易幟之時，加入了國民黨。

楊宇霆懂得阿仁不願加入國民黨的隱憂，只告訴他，再過一陣，情勢明朗之時，贈與他一小份報酬，從此退隱。

接著是那天。楊、常仍無法說服少主認定日軍為殺害父親首謀的想法。依然想將滿鐵與其他境內日人投資的工廠經營權奪回，並驅逐日人；同時在蔣介石的承諾之下，不畏懼與蘇俄衝突，強行收回中東鐵路。楊、常為此與少主僵持不下。楊宇霆對阿仁說，國際事務上，蔣介石未必是不可溝通之人。若少主如此無視大局，他們將直接與蔣交涉，並交換利益，不惜策反張學良。

楊氏罕見的，在不需要通譯者的狀況，要阿仁以幕僚的身分隨去。一到飯廳，卻不見張學良的身影，身後的門被關上，楊宇霆怒喊：「你這小子敢算計我！」他立即掏槍，還分不清楚哪邊藏著人時，槍聲已經響起。楊宇霆應聲倒地，常蔭槐手臂擦傷，四處逃竄。他們帶來的隨從如鳥獸散。只有阿仁扶著楊宇霆，試圖逃出去。他眼望四周，殺手一一現身，他認得老元帥身邊的高紀毅、譚海兩人，與他們身後六、七位持槍的軍人。

他心涼了一截，既然真是張學良下令所為，那麼今日包括他也難逃一劫。他靈光一閃，想起死裡求生的方式。既然他們一口咬定張元帥之死為日軍所為，且恨透了日本人，且恨透了主張與日軍合作的楊、常，那他索性一不做二不休，滔滔不絕說起日語來。

他盤算，他雖直屬楊宇霆，卻未曾與張學良幕僚過多交涉，他們應該不認得他。佯裝起日本人或許有出奇不意效果。

雖然中、日在東北關係緊繃，殺害無關且尚不知身分的日人仍嫌過於莽撞，應有所忌諱；二來，他在與土肥原大佐密談時，隱約知曉在奉系裡也安排間諜。這時佯裝日人，或許會碰到內應。

他既已無處可逃，不如賭上一把，不入虎穴焉得虎子；最後，他想最糟不就這樣了，不如大喊對大日本天皇的效忠，至少成為亡魂之時，有個能夠效忠的對象。他恥於與張學良此等人物為伍，想盡辦法在臨死之際激怒張學良，一吐恨意。他將小時背誦的對天皇的孝忠，對日本國的光榮，大和魂，全部一口氣地用日語流暢的喊出來。他當然沒想過，過往與弟弟一起被逼著背誦而內心不滿的頌詞，可能成為他最後的遺言。

他的最後的畫面，是如想像一樣的，面對行刑槍對的場景。他懷抱著倒地已斷了最後一口氣的楊宇霆，一旁倒著常蔭槐，與倒在地上另外兩位生死未卜的帶槍隨從，還來不及反應就中槍。現在輪到他了。所有槍口劃一地指著他，他不可思議地同時看見所有的槍手的手指在板機上，扣下的那微小瞬間。槍聲一一作響時，他還說著話。然後失去意識。

他醒在一排死屍中，尚不敢轉頭，僅以餘光窺看。他們在一間小房裡，陰冷無比，月光照下，地上的積水（屍水？）結成冰，映在一小塊光影在牆上。楊宇霆將軍的屍身在他身旁，臉上肌肉還是僵硬的。他想，自己的皮膚，是不是與這些屍體一樣青呢？他緩緩坐了起來，說服自己並沒死，也不是殭屍。肉體好好的，皮膚確實有點泛青，是因為冷的緣故。他脫下褲子，尿失禁後因氣溫結凍而硬邦邦的。脫下的時候，也剝落了一些皮膚。不覺得痛，因為心彷彿死了，還沒活轉過來。他在屍身間搜索了一陣，不感到害怕，畢竟他們已是出生入死的夥伴了。他取下一些衣物、外套，以及一些簡單的財物，他臨行前朝著他們拜了一拜。

他離開的時候異常順利，像是全世界的人都沉睡了。他回想起自小他與弟弟信仔在巷道裡躲藏與脫逃的遊戲，腳步終於輕盈起來。繞過哨口，或光明正大地通過恰好在打盹的守衛，到了大街。他又是孤單一個人了。他找到一個隱密的死巷，蹲坐在地上哭著，淚滴一滴滴的結為冰。他並沒有弄懂是怎樣逃過此劫的。或許他們真認為他死了，或許真有個內應暗自幫助他。

可是他還是很難過，那十幾分鐘裡，毫無道理的一直問著，為什麼是他一個人活下來了？

又為什麼，在他滔滔不絕說話時，沒有人搭理他？

他就在那時，恍惚間走到了上回土肥原私下告訴他的祕密住址，搖身一變成為關東軍的通譯。若不是趙仲仁出現，恐怕他仍無法清醒，繼續如夢遊般，在死者的重擔下活著。

4.

記憶被撬開之後，他醒來。

他回到案前，再次寫信給弟弟。這次決定不寄出了。他感到心安。既然對象確定了，便也毋須多想。終有一日，會到信仔手中，以他不知曉的方式，傳遞到那兒。他沒在信紙上交代了自己如夢似幻的經歷。歷經劫難，他已學會聽天由命。這封信他打算一直寫，由命運決定。

這回，他決定兩個可能：從此退隱，回去台灣。不然就繼續原來的身分，繼承趙仲仁的意志，為天下交涉。他決定後者。

他回頭找上關東軍。土肥原賢二見到他，表示對趙仲仁一事的遺憾。阿仁頷首。土肥原觀察阿仁一陣，覺得驚奇，便允諾阿仁，在一切平定之後，會讓他在滿洲過上平靜日子。

儘管如此，他身心已俱疲。在這政府裡，日人、滿人、漢人間的內部衝突不斷。他處理過鄭孝胥對日人緊抓著權利指使滿洲政府的不滿情緒。鄭孝胥之子鄭垂與國務院總務長駒井德三於談判時互毆，若不是他在場處理，恐怕又是一回非死即傷的場面。

他一件一件防範於未然，將大事化小，小事化無。風平浪靜之時，便獨自寫家書，大部分私藏，只有一兩封簡單問候的信，嘗試著託人寄往台灣，給他那已被日人判刑十餘載的弟弟。他也收過一兩封知名不具的信，他猜想弟弟與他同時也在思考未來之事，那些不易有答案的事。

關鍵的時刻不久後到來。

彼時，各省將領與疆吏各有互通。他遊走在各勢力間，久而久之，竟也有一定影響力。他與密使互換意見、協調。殷汝耕已組織冀東政府作為滿洲國外圍緩衝地帶。但欲換下蔣介石，推翻國民黨，還需得其他反蔣有力分子支持。他們所屬意人選，將猶如板垣征四郎之於滿洲國的地位。

消息既出，群雄並起，京津滬漢港粵各有反蔣勢力派密使前來。謁見之前，總會先來找他，聽取建議。而日人亦頻頻詢問他看法。山西閻錫山、山東韓復榘與石友三、南方李濟深，諸勢力派來的信使，他皆一一作為中介過濾與觀察。

置死生於度外後，他識人之方法亦與過往有所不同。他過往將自己視為草芥，若有一人願意放下身段，待之以禮，沒有主從之分，高低之別，他便視為好人。

這時，他撇開成見，不以個人喜好而論。不僅冷靜聽其言觀其行，亦深深捕捉言者之眼神閃爍，言語中的氣強氣弱、氣長氣短。所有言外之意與難言之隱，各自的盤算與意圖，他無比清楚。像站在高處往下俯瞰，情緒鮮少波動。密使或協調者們，有洞見者，亦覺得阿仁這身分未明者實在高深莫測，不可小覷。

京津一代風起雲湧，稍有不慎，立即影響到滿洲國情勢，蘇聯與共產黨虎視眈眈。關東軍與國民黨之間情勢緊張。而關東軍內部、蔣介石與其他地方軍事將領各有矛盾。居中協調者的作用比先前更為重要。他仍然以通譯者為表面職務，實際上是各方人士都藉以觀測風向的重要指標。

當前要務，是津京方面，日人工作者三股勢力之安排：一是土肥原賢二大佐支持的宋哲元，二是大迫通貞大佐傾向的吳佩孚，最後是喜多誠一大佐選擇時居上海的王克敏。

三者之中，尤以宋哲元實力、地盤最為穩固。不料宋氏對於土肥原要求條件過於貪婪，無視當局平衡，欲關東軍無條件提供資源。並在擴爭地盤與軍備上要求，引起日本當局擔憂。屢屢遭拒的情況下，宋哲元態度豹變，由友化敵。情勢惡化，京津人士莫不擔心。

阿仁積極拜訪幾位有力人士商討，終於在前袁士凱智囊陳宧、前參謀總長蔣雁行、財政總長張英華、齊燮元等人推舉下，薦紅十字會總會長許蘭洲為「京津人民和平促進團」團長，並選出五位常務理事，包括阿仁在內。

他們取得日軍祕密承諾，在赴往東京協調之前，切勿有任何軍事衝突。迅速、祕密、非正式，卻牽動千萬人民命運，一行人便匆匆前赴東京。

主要目標有三：一為日本軍隊由京津一帶退到山海關外，二為宋哲元軍隊由京津退到保定與滄縣之線，三位由吳佩孚元帥出面組織，維持中日間緩衝。

一九三七年六月二十二日動身，二十八日抵達東京後便馬不停蹄拜訪陸軍、海軍、外務省，隔日更與首相近衛文麿、陸軍省參謀會見商討。長年與中國方面反蔣勢力皆有接觸的和知鷹二大佐勸告他們，此時欲求和平，為時已晚。根據關東軍消息，宋哲元軍隊已有進攻之勢。若眾人仍致力於此，當兩軍開戰時，便無法保證其待遇。

眾人認為已經盡力，且在耽擱下去，恐回程交通阻斷，決定回到滿洲國，在試圖調解衝突。一下船，年事已高的許蘭洲會長便因舟車勞頓病倒。許會長與其子留在奉天，一轉眼，和平促進團解散了。

阿仁獨自離開，心裡空虛，連悲傷或憤怒都感受不到了。他七月五日乘車返津，一路兵車擁擠，顛簸不已難以前行。忽然聽到大砲隆隆之聲，多方打聽之下，才知車程三個鐘頭處，七月七日，盧溝橋已發生戰事。

他再度見憾事在眼前發生，卻無能為力。

5.

他在夏日暑氣中，感到徹骨的寒，懷疑自己是不是錯估了自己能力。

就在這時，獄中的信仔寫給他的信祕密遞到他手中。他讀完後立即焚毀，只讓印象存在大腦裡。弟弟對於自己做過的一切，在獄中各種威脅利誘與洗腦間，逼迫其轉向的壓力中，仍然堅守原則。他忘了弟弟詳細的說法，也忘了自己是否答覆。

此刻，讀完信，思量當下處境，他只對自己說：切勿悔恨，在時代大浪下，做出自己選擇的痛苦，仍舊比什麼都不做強。他不像弟弟那樣會思辨，懂道理。只知道自己日漸掌握的能力，至少能明哲保身。但他還是放手一博，寧願冒著危險、為天下奔走了。

他找到了好友高凌霨，與日軍協調，令高氏擔任天津市治安維持會會長。並別無選擇的讓王克敏先行組織維持秩序，其後建立臨時政府。

即便如此，他亦感到末世了。他依然交涉。可是無論是衝突的場面，或是共謀的密會，每個人嘴中吐出的言語污濁無比。他的透明濾淨，遠遠不及污濁的擴散。不僅是只有他看得見的話語的顏色，還有話語的氣味，都開始使他難受。血腥味、腐臭味、燒焦味。還有難以形容的，之前只在死者半開的無聲嘴裡才聞得到的，屬於死亡的氣味。招致死亡的氣味，製造他人死亡的氣味。他只能讓自己的周邊乾淨透明，而最後的結果，只有他自己成為在場當中不存在的人。至此，連通譯員本身的作用，也微乎其微了。

別無他法。他在無任何勢力委託下，用盡一切人脈與關係，與最大的幸運，前往北平拜見了吳佩孚將軍。未曾謀面的吳將軍，是他長久以來最為景仰的人物。先前失之交臂的機會，他無比懊悔。他總以為，讓吳將軍出面，中日間的緩衝必然可以讓和平維持。

吳佩孚將軍看上去比他照片上記得的老，但還是有股威嚴。阿仁開宗明義說明來意，吳將軍似乎也有所準備。這是這兩年間，阿仁記憶裡最愉快的一次對話了。沒有任何中介，他也不是中介或密使。身分即使有別，仍是面對面的談話，以禮相待，開誠布公，且為天下著想，遠非為個人私利。

吳將軍對於阿仁熟悉當前政治軍事與外交事務感到十分激賞，阿仁亦罕見承認自己台籍身分如何在夾縫中躲藏生存。兩人相談甚歡，阿仁本不抱希望，畢竟戰事已成定局，吳將軍雖然硬朗，身體亦已老邁，並退隱許久。唯吳佩孚聽完他分析利弊，已暫時放下個人榮辱，不將與日人合作視為漢奸叛國行為，願意仔細斟酌。

準備告別時，吳將軍說，請他尚待一兩日再另行回覆。吳將軍且苦笑道，前兩日上館子吃羊肉餃子時，被碎骨劃破牙齦，現在腫得厲害，十分難受。等他身子感覺較好，再告知他的意願。忽然，阿仁從吳將軍口裡吐出的話語，聞到了生平未曾聞過濃烈死亡味道。他極為害怕，也不願多想。何況談話過程當中並無察覺，恐怕是自己過為勞累，不應大驚小怪。

他惦記著此事，回到旅店，等待消息。

不出二日，吳佩孚驟逝。

得知消息的阿仁，沒買任何報紙，一日未食，未言語。他原想就此客死於異鄉的旅店裡，意外地卻收到三弟的來信。還沒弄清楚是如何穿越重重阻礙，送到他短暫逗留的北平無名下榻處，只見信裡一則最重要的訊息：「吾已轉向，減刑出獄之時指日可待。」

6.

他在華北臨時政府混著閒職，無所事事。吳佩孚既死，他便也不抱希望，只願意親自見證戰事終結那日，衣錦還鄉之時。儘管他自認對天下毫無幫助。他偶爾路見不平，譬如幫助過一位天真浪漫，在中國宣傳和平主義的日本學者江藤大吉。他與日軍交涉，令他免去牢獄之刑。

他辭去關東軍的職位，隨波逐流。一路到了長江，看著全然不同的景色，思念故鄉。汪精衛與日人合作成立國民政府時，曾有舊時好友邀請他加入財政部門，他猶豫了一晚，便偷偷逃走。他躲在南京附近村落半隱居，一半處理微小的政治與財務紛爭，另一方面累積資產，從事他過往曾考慮過的商業買賣。

在南方的日子過得非常快。過往在權力核心的歲月，已經猶如上輩子的事。他的妻小與他居住在南京一陣，後來先令他們回台，落腳妻子在高雄的娘家。不論是珍珠港事件，或是日軍在南洋的戰況，歐洲的戰事，對他而言已經毫無意義。他只想見證結局。

如此置身事外，以至於抗戰勝利，他無喜無懼。原以為會情緒複雜，竟也平心靜氣。台灣光復。他亦不喜不悲。

信仔出獄後，身處兩岸的他們，已經有更多的自由與安全能通信。雙方卻已無話可說了。

然而歷史沒那麼輕易放過他。他先是悲傷地知曉故鄉之島的大屠殺，而遭通緝的信仔在大姊與外甥的幫助下逃往香港。信仔在香港遭受舊時同志排擠，亦抑鬱寡歡。

而他，躲過了戰後漢奸的審判。沒想到戰後並不平靜，共產黨竟以摧枯拉朽之力襲捲一個又一個城鎮，而國民黨兵敗如山倒，他多年沉寂的危機意識又起。他在東北見證過不少蘇俄的手段，對於弟弟參與的共產黨一向無好感。可是這回面對的，恐怕不是他過往能夠處理的。他趁著國民黨經濟政策崩潰前，攢上一小筆錢作為基金。他變賣家產，打通了路徑，已準備好告別他度過大半生的中國。在極為危險的狀況下，阿仁在上海見到了十餘年未見的信仔。兩人雖然熟知各種躲藏喬裝，趨吉避凶之道，此時的亂象，危險卻不亞於戰爭。兄弟相擁而泣，互道思念。立場不同，除情感與家人外，兩人無法多說。唯能盼到此刻，已是兩兄弟多年的心願。

信仔還是一樣俊美，只是臉上多了風霜，顯得憔悴。貧窮之下，信仔的身軀極瘦，眼睛也少了許多光芒。相較之下阿仁的物質與精神優渥許多，他心疼不已。臨行前，他留了一大筆錢給弟弟，並告訴他危急時可以投靠之人。

信仔說要留下來見證新中國。阿仁說他別無選擇，願餘生於故鄉度過。

他們知曉，此一分離，便是永別。

7.

阿仁回台，於高雄置產，餘生與子孫們過著不富裕但仍是寬裕的生活。每逢拜訪新竹大姊的日子，便精心打扮，帶著大小禮拜會那沉默如乾枯影子的姊姊。

他十分珍惜這平凡。若有所不甘，也寫在他塗改多次，但未曾公開的書信裡了。即使信仔不在了，他還是繼續寫著。

他並不吝於分享過去在中國的見聞遊歷，談宣統皇帝、談張作霖、張學良、土肥原賢二、馬占山、吳佩孚等人與他的故事。他從孫兒小時候說到成人。可惜他似乎殘存了舊時的能力，越是天花亂墜的說，人們越是聽不見，越是看不見他。也或許，他早已在時代中掉隊，只是偷偷溜進了不屬於他的時代，不占有任何記憶的位置也是自然。他仍說了很多，滔滔不絕地說，儘管沒有人相信，也沒有人真正記得過。

至少，他覺得，到了最後，他的言語仍舊十分乾淨透明，而且有人欣賞過。

如此足矣。

第七章

不笑

1.

關於潘笑的笑，有許多故事流傳。

最早的說法，是她出生時候沒有哭，而是笑。嘴角笑得合不攏嘴，甚至聽得到輕輕的呵呵聲。連產婆都嘖嘖稱奇，認為她會給這個家帶來巨大的福分。他們將她取名為笑，希望這名經商世家的長女，能帶給這個家笑容。誰都沒料到，當她開始牙牙學語以後，她就不會笑了。

你可以感覺到她的情緒是焦躁還是平靜，是悲傷還是喜悅，你看得到她各種表情，哀悽的、慍怒的、舒緩的、歡快的、困惑的、堅忍的、猶豫的、無所謂的，甚至更為細微的曖昧情感，譬如痛苦的卻欣喜的，友善的卻隱藏不了心事的，厭惡著卻又滿懷同情的，惶惶不安卻又無比堅定的。她擁有豐沛的情感與表達，但就是不會笑。沒有一個表情，是我們會名之為笑的表情。不論是含笑、微笑、淺笑、輕笑、苦笑、冷笑、傻笑、假笑、歡笑、大笑，她的嘴角最為上揚的時刻，也無人感覺那是張笑臉。

父母曾懷疑她是否不愛這個名字，多少會被同齡朋友取笑的俗氣名字。可是問到她的時候，她皆不置可否。她這張臉無論如何努力，就是少了笑容這個要素。好像缺乏一個極為微小的肌肉，使得她無論如何學習，就是浮現不了笑容。不過她性格和善亦堅強，實在是這個家族裡照顧其餘兩位叛逆的兄弟最好大姊。儘管缺乏笑臉，還是張討人喜歡的小小圓臉，一對眼珠子大大的。芳齡十六，提親的好人家便絡繹不絕，笑的幸福，也不讓他們介懷了。

笑或不笑，在家裡當幫手，習慣起來並無差別。父母也認為女兒毋須拋頭露面，學習家政女工即可。婦女的責任在家庭和善，不必整天笑眼盈盈。他們兩三代經商，來往的人多，多的是言不由衷與笑裡藏刀。很快的，不覺得她的不笑是種病，也不是缺陷，就如同每個人的外貌身材皆有差異。

不熟識的人，一開始會不習慣這沉默的少女應對時的缺乏笑顏。相處過後，會發現她的情感與表情都是豐富的。像是一個臉上有缺陷的美人，只要你喜歡上了，那缺陷不僅不令人在意，甚至是種獨特的吸引力。

有些被她迷得神魂顛倒的年輕男子，喜歡上不笑的潘笑以後，覺得世間女子的笑臉頓失顏色。不笑，使得完美的笑在腦中幻想出來。那些多情男子，一次一次在腦海裡描繪起她的笑臉。多情男子像染上熱病，擴散出大稻埕之外。許多人慕名而來，想要一睹芳顏。這些人都有相同的特質，情感豐沛且浪漫無比，不乏有好家世或書香世家者。傳言不知從何而起，但他們口中流傳著，誰能逗得她一笑，那便是她的真命天子。

於是他們想盡辦法吸引她注意。有人腳步鬼祟地在店門口閒逛；也有大手筆的搜刮他們店鋪賣的米時，口中卻不斷詢問她的行蹤；有夜深時在他們家矮牆邊唱歌的，被她父親潑了一大桶水；有在最近的廟口大手筆請來戲班子耍各種雜技，使得街坊鄰居都被吸引去，只為了見上她那傳言中不曾露出的笑容。

從來不笑的潘笑，她不存在的笑容比任何女子都來得勾人，令人軟倒，令人輾轉難眠。那個令緣投少年想到會無比閉思的，只存在於腦裡最私密情感記憶處的，存在於未來的笑臉。潘笑的笑是那些青年們的共同記憶，即使沒人見過。

很奇怪的，那幾年間像瘋病一般追求著她的男子，日後皆娶到好某。那些不同背景、相貌、身材的妻子們，據說有共同的特點：不論她們是否是美人，她們的笑容，都是在地人口中最美的。若有機會問起，那些男子也許會不約而同地想：不是，最美的那個笑容，從來沒有機會見過。

而在潘笑出嫁到新竹後，那個不曾存在過的大稻埕最美麗的笑容，便成為這些曾為此癲狂的男子們記憶中最為甜美又苦澀的青春回憶了。

2.

第二個關於潘笑的笑的故事，是關於她的兒女。

潘笑嫁來新竹後，似乎成功削弱自己的存在感。不笑一事不再引人注意。她將此缺陷化作美德。她省去了戴上虛偽笑容的力氣，節制的保持與眾人的關係。眾人眼裡她是如此理想，在丈夫的身後處理家務，撫育兒女。

少有人意識到，背後裡真正支撐起這個家，與這個家族事業的，是這個沒有笑容的女人。後來，已經沒有人介意她表情裡缺乏的部分，也不再引起男子無盡的追尋。那就是一張適合在家門內出現的面孔。她學會了平凡，比任何人都平凡得徹底的。

只有她的兩個弟弟例外。或許她的父母與丈夫，知道她那低調與寡言的性格下，其實一點也不平凡。她堅強且伶俐，對於許多事，能早先一步預料且預備。但只有她的弟弟清楚她藏在平凡人婦的面具下，異於常人的天賦。他們一致同意，若姊姊身為男兒身，必然比他們兄弟倆更有成就。

他們保守祕密，視作姊弟之間的默契。他們都有特別的能力，看見別人看不見的世界。弔詭在於，這個世界如此容易受視覺欺瞞，遠遠超乎他們的意料之外。如果太專注於凝視看不見的世界，這個世界便會看不清楚他們。有時是眼神跟丟了他們，有時是變得透明，或是就徹底忘了他們存在了。他們心照不宣，這個世界並不完整。大多的情況，人們遺忘了遺忘。忽略了我們是如何踩在遺忘之上。

而兄弟倆也知道，他們姊弟三人有類似的共通點，而最早知曉且一直祕密運用的其實是她。但大家只注意到她不會笑這件事。或是後來只把她當作一個沉默而矜持的人婦了。也許，正因她比這對兄弟更清楚他們共有的特異能力，才會選擇成為這樣一張被人早早遺忘的面孔。

儘管有所歉疚，對於在外打拚的兄弟倆來說，大姊永遠是他們的支柱。不管他們在哪，她總是聯繫著，守護著阿仁的透明，與信仔的消失。她拉住兩個弟弟，是他們攀爬回現世的浮木。因此他們雖然自小與這神祕的能力打交道，最後卻矛盾地全是無神論者。

潘笑的兒女，即使相處時間短暫，皆與兩位舅舅感情交好。潘氏兄弟相貌端正，談吐合宜，潘笑與她的丈夫添新看見他們與外甥、外甥女們的相處，也感到欣慰。

添新是接手家庭第二代事業的生意人，受過一點教育。在商務與地方需要的一些書信來往、文書事宜都能處理，他甚至能寫一手好字。可他覺得若不是要接手家業，他真想多讀些冊，在這新時代有多點學問總是好的。他心裡企盼，這家裡能出一個真正的讀書人，光宗耀祖。

潘笑嫁入朱家之後，所有人都相當喜歡她。她只是淡淡的與人應對，溫柔的，貼心的打理一切。她且能生育，十餘年間，生了三男六女，無一人夭折。若要挑剔，也許還是那個老問題。在某些場合，她的不笑，還是在他們居住的那一帶，攪動了平靜的生活步調。即使問題不在她身上。

譬如婚姻喜事，譬如有人金榜題名，或有人酬神請了戲團，她皆禮貌隨著丈夫出席，帶著子女們。她的子女彬彬有禮，應對進退合宜。問題就出在他們的笑容。潘笑的子女們會笑，兒時在巷內穿梭間也不乏笑聲。可是他們笑起來，令人感覺有些勉強。甚至多慮一些，會覺得他們的笑有點淒苦。那種笑意好像一種善意提醒，提醒著笑顏所牽動的，不僅是嘴角，不僅是臉上的肌肉，還有比情緒與情感更深處的悲苦。他們的笑容令人印象深刻，像在每回興盡悲來的時刻理解到，人世間的歡快都是短暫的，歡愉過後的感傷更甚。歡笑的時光，是注定成為記憶風景，且勢必被遺忘的。

或是簡單點說，他們的笑有點缺陷，有點不完整。他們的笑，讓人懷疑起笑的短暫與虛假。令人懷疑人們聚在一起的歡笑。他們牽動起笑容的遲疑，結束笑容的尷尬，都落在人們的眼裡。進而讓人也懷疑起自身了。這點尤其令人不快。笑牽動某種情緒，笑必須傳染，必須共鳴，否則這笑容轉瞬即僵，像在喪禮的場合無預警的洩漏笑意，成為一種最冒犯的表情。平時的來往，街上的交談，眾人毫不介意，覺得她得體。但在眾人慶祝的場合，她與子女們的在場，就令人感到尷尬。對某些人來說，她子女們的笑，比她的不笑還要難以忍受，還要令人不快。

在添新的兒女未長大成人前的那段日子，他們集體出現在公眾場合，該笑的時刻，他們會慢上一兩秒，才彷彿配合著群體，整齊劃一的笑。他們的笑，顯示出令人介意的不合拍。

笑聲四起時，有許多人會忍不住轉過頭來看向這一家，想分辨到底哪裡引人注意。漸漸的愈來愈在意，到了後來，他們所在的位置，像是獨立的一個區域，有他們自己的笑的定義。越是笑，越是格格不入。對多大多數的人來說，那是種輕微的不快，卻又無法忽略。如芒刺在背。但他們怎麼想，就是無法解釋這些孩子們的笑究竟哪裡不對勁。漸漸也將矛頭指向潘笑。潘笑的不笑，以殘缺的形式留在這群子女的嘴角上了。

有一回，添新的姊夫，是新竹鄭氏家族的一員。雖然不像祖輩鄭用錫考取功名，但學問淵博，熱心於私塾教育，在地方仕紳圈子頗有人望。他與人喝酒微醺時，曾談論到添新一家，他意味深長地說：「這家啊，人丁稀微。」人們以為他醉了，奇怪的是，這句話不但沒來由，也與事實不符。可是這句話暗裡，也確實影響人們觀感了。曾經好奇或介懷的人，看這添新一家，因為這句話的點破，似乎也稍微懂了：以歡笑的場合為例，他們的笑，不是被感染了歡快氣氛，也沒有感染出去。他們的笑，反而區隔了他們，予人一種凋零之感。他們無法融入群體，即將散逸，入歧途，出常軌，受咒詛，絕子孫。沒有犯上任何錯誤，被外來的力量懲罰。他們甘心自毀，靜靜地在那，不打擾人亦不受干擾。

潘笑畢竟是潘笑。她知道原因在哪。瞭然於胸，於是毫不在意，生活繼續著。

添新為人古意，沒有留意過此事。擔任農具商會會長的他，正忙於管理貨品，與逐漸發展起的進出口，計算著船貨量的細節。對他而言，妻的賢慧與多產，實際上無可棄嫌，他甚至認為她有幫夫運。子女們的笑到頭來不過是小事，在他們陸續長大成人後，逐漸融入社會。雖不見得都像兩位舅舅那般出色，但多隨和，令人喜愛。添新腳踏實地的性格，慢慢顯現在子女身上，更加掩蓋了他們原先令人擔憂的部分。

直到所有人都不記得了。

有天，她想起，終於鬆了口氣。像是看到子女成材般欣慰。那位堂姊夫的話，其實有傳到她耳中。對此，她有另外的理解。她相信，她與阿仁、信仔血液裡共同的特性，深深影響性格與感知的神祕之處，是無法透過傳宗接代流傳下來的。

她起初在自己的子女們看到與自己姊弟間類似的個性，在臉部表情的細微處，在眼神的深邃處。潘笑為此微微憂愁幾年，暗自觀察。她讓自己更為素雅，沉靜，如此便能更清楚地掌握每個孩子的特質。孩子童稚時，身上帶有的潘笑影子，逐漸長大後，皆被逐漸浮出的添新特質取代。那份叛逆與孤僻特質，也就看不到了。

她不知道是不是自己的內斂有了效果，還是她與弟弟們的畸形內在終將被洗去，總之她是欣喜的。她寧願子女們完全繼承父親，一切，就是一切。除了弟弟們，沒人知道她內心承受過什麼，見過什麼，感受過什麼，記得什麼。

她的夫家天性嚴肅，並且有難以自拔的抑鬱，她不以為意，而早早選擇了。她希望所有的孩子都像丈夫，不要有他們姊弟一點點的特質。她自願放棄與抹去。於是矛盾的，她善盡生育與養育之責，然而卻不希望子女帶走她身上任何一點東西。她老早打算，離開那天，身後不留下任何遺物。

眾子女中，唯三男阿寬帶有她的氣息，也是他與信仔最為親近。她想想也罷了，縱使無形的東西比有形的東西還要久，終有一天終會消失的。

3.

第三個關於潘笑的笑，是她的丈夫添新過世時。

儘管農具店的生意起起落落，配合政府政策限制必須時常改變，他們的店還算跟得上時代。外人難以得知的是，每次的轉折點，潘笑好像都能有所預料，提早應變。譬如她就在總督伊澤多喜男宣布命名蓬萊米的前夕，提醒丈夫這會是接下來的趨勢。當時大家還來不及思考，還在把注意力放在出口利潤較高的甘蔗時，她認為需要為種稻的農具提早準備。

於是很快的，蓬萊米大受歡迎且產量豐盛，外銷日本的產量一下攀高。當農民紛紛欲將甘蔗園改種稻米，添新的店早已準備好不少整地需要的犁、鋤頭、鐵耙、圓鍬仔、扁鍬仔，還有蓬萊米需要的大量肥料。當時生意為此無比興隆。

她鮮少干預店務，每當給丈夫建議時，卻都言之有理。丈夫以為，那是經商世家的她從小累積的見識。不論政府獎勵什麼，或打壓什麼，或意想不到的政策發布，她往往都預先看出方向。在殖民國的政策促成的變局之中，無論甘蔗農轉變種植蓬萊米、出口貨船的增漲、日人資本投入的方向、米價與糖價的上漲或下跌、日本農民的抗議、限制台灣米的出口、提高米稅，她總讓店的決策搶先一步站在有利的位置上。作為一間農具商店，居然一路以來，在台日之間的變局與供給需求間，甚少投資錯誤。某些關鍵時刻賺下的錢，使得添新一家擁有小小的資產。

潘笑無欲無求，只有央求過添新，既然三男阿寬有天份，就攢下一筆錢，將來讓他赴日學商吧。屆時回來，長子或次子接手店面，而阿寬可以幫助他們經商，讓子孫富貴。添新一口答應。

原以為這樣的生活會一帆風順。但添新萬萬沒想到，他所欣賞的信仔有天會被捕。連報紙都刊出信仔的照片，與身家介紹。當時正值添新農具買賣事業的高峰期，與日商、銀行許多都有往來。他一直不知道信仔的真實身分，妻子也未曾在言語中透露弟弟在進行這「危險的事業」。

他百思不解，他是否是共產主義要打倒的剝削階級呢？他是否操縱著生產工具，將農民們的辛苦勞力掙來的錢放進口袋，才把他們需要的工具賣給他們，而中間已經被剝了好幾層皮？他懂得不多，但聽到共產主義要革命的目標時，還是心中一凜。是不是自己的事業，讓這位小舅子心生妒恨？為什麼這個聰明的人想要毀去自己呢？他不是因為這些條件才能夠接受栽培嗎，怎麼反過來批鬥了呢？這些都是不義的嗎？

為這些問題困擾就罷。令他冷汗直流的是，信仔若一直以來與農民運動接觸，那些土地問題解決、農村封建勢力排除的計劃都跟他有所關聯，中間稍有不慎，他的農具店可能就是日警一直監視的對象。也許信仔也利用過屎溝巷這邊農具批發，掌握農民與農業政策的細節，也或許日警早就一直在注意他們之間的互動。

他回想，一九二九年日警因為台共滲透到農民組織，進而掌握領導權時，進行全台大搜索。範圍遍及台北、新竹、台中、台南、高雄各州，農民組合不論本部或支部、相關組織與幹部住宅皆大舉搜查，沒收證據達三千餘件，逮捕者達五十九人。重要份子如簡吉等一十三人被捕並判刑。那時候信仔甚少來訪，是否也與他有關？信仔一直以來都是劫後餘生、逃過一劫者，他的飄忽不定，實際上都可能危及到添新的農具店？是不是真的如共產黨所願時，他的一切家產會沒收？

對此，妻子不發一語，沒有談論的意思。

他是擔憂過多了。也許。信仔與妻子終究值得信任。他雖然沒有勇氣看報，聽得地方人士談論，信仔的沉默抵抗，不出賣任何人，亦不變節，在被牽連的恐懼消退後，對他多屬好評。屎溝巷的農具店，大抵上還是同情農民，知道他們的處境，人民對於殖民政府，也並非沒有怨言。過了一段日子，到了信仔被判刑的時候，在地方上已經化為英雄的形象。即便如此，添新也好，潘笑也好，阿寬也好，沒有人對此發表過任何意見，在彼此面前都是沉默的。那沉默像是一種支持，陪伴著獄中的信仔。

與舅舅最為親近的阿寬，在信仔入獄的那幾年，默默讀完中學。阿寬前往京都同志社大學讀書，在港口上，他婉拒了家人的送行。他想，也許學成歸國的時候，三舅也出獄了。到時候應該更能理解信仔舅舅為什麼支持共產主義，以及他想要的是怎樣的社會了。屆時，他們可以討論，也許。

潘笑依然賢慧，子女們一一長大成人。戰爭生意下滑與財務吃緊，他們還是努力守成。信仔被捕入獄，沒有危害到他們，甚至在地方上搏得同情。且添新不但不氣他，只是有點不理解，但還是原諒了。他都放下了。理論上。或許這一切相關的煩惱其實都無關，他不該過不去，不幸的是憂鬱還是纏上他了。事情過了，心裡也放過了，憂鬱不知道為什麼就是沒有放過他。

添新凜然想起，在他們漫長的家族史裡，總有幾個人最後是瘋的。有些是癡傻了，有些是憂鬱而自殺了。憂鬱像頭蟒舌，纏著肩頸，愈來愈緊，難以喘息。

他忍著憂鬱度日，希望一切如常。只是終究瞞不過妻子潘笑。

添新終究沒有自殺。他五十餘歲，便因肝病過世。他死於島上發生大屠殺事件之時，神經纖細的他幸福地避開他必然無法承受的世界。據說，守靈的那夜，潘笑矮小的身子守在丈夫的屍身旁，溫柔的眼神像是照料著熟睡的子女。那晚她的表情，有那麼一點點接近微笑，如此地寬慰人心。但其實除了三子之外，沒有人知道她當時想著另一件事。

4.

在一些外人開始察覺潘笑不平凡能力的時候，已經為時已晚。接下來漫長而看不到盡頭的日子，知情者沒有機會談論。他們記得那個日子，二，二，八。他們見證「屎溝巷的奇蹟」，可是既然是奇蹟，就不可能輕易再度發生。況且那對於他們的恐懼於事無補。

添新早逝，長子次子匆忙接手事業。時代是無情的，尤其對於他們這樣一個出過台灣共產黨員的家族來說，未來並不光明。多年以後，家族內仍有人謠傳，那時，若不是為了讓信仔逃離台灣，他們不至於會家道中落。但還能怎麼選擇呢？

潘笑是對的，如此而已。似乎所有人皆無法反駁此事。

農具店的生意拯救不起來，她建議兒子們低價轉賣掉存貨，並拿出一筆私房錢，經營起雜貨店。儘管比過去辛苦，也至少找到生存的方式。可以安分守己過日子。

安分守己，對某些人而言如此困難，彷彿他們的存在就必然招人注目。譬如最有學問的三子阿寬。他是整個事件最靠近危險之人，他的學問，他的留日背景，他無緣由放棄新竹中學的教職，背後更複雜的猜想都令人捏把冷汗。要不被捕，要不逃離，但能逃去哪呢？

那晚，潘笑以成為寡婦後更薄更矮小的身軀，在大廳當著子女與媳婦的面，摑了阿寬一個重重的耳光。並要他這位沒用的書生立刻離開家門，不許再留在這個家遊手好閒。所有人來不及反應之際，她已經起身回房，回到那無比的沉默之中。

阿寬離開新竹，到了台北找工作。儘管有些懷才不遇，至少這輩子平安渡過白色恐怖，已是大幸。

其他女兒們平凡的出嫁、生子。稍微不幸的，是家族遺傳的憂鬱與瘋病，機率性的發生在子孫身上。

可是這一切已經很好了。

無論家庭裡外，知曉潘笑有難以解釋的能力者，以及知道一直是她默默支撐安排者，沒有機會開口詢問。關於她是如何在剛喪夫的狀態仍可以一手安排台共弟弟的逃難，如何在事後抹去一切證據且未曾被追究過；或是她如何引導或影響子女甚至孫兒們的道路，以她最為影薄的身軀、最少的話語，讓這個家族全部悻免於難，這世界上不會再有人知道了。不僅是恐懼而不敢追問，也是因為她的沉默實在太難打破。

她餘生那二十年，已經很少人提到她不笑。人們不再在乎她缺乏笑容，而是缺乏言語，以及缺乏存在了。她活得猶如缺席者，守在那，彷彿很久很久，比一個人能記憶的極限還要久。

5.

潘笑不笑，是她獨有的特質。他們姊弟皆有神通，唯獨潘笑的神祕是寫在臉上的，無法破譯的密碼。她比兩位弟弟更加奇特，卻更渴望平凡。沒有笑，已經是她能接受最好的代價了。不笑，久了像是面具，藏得住更多祕密。有些事她連弟弟們也不願透露。

姊弟間沒有談論過他們與他人相異之處，包括彼此之間。

阿仁的在場猶如不在場，躲在人們言語間，可是他的隱形沒有逃過潘笑的眼睛過。信仔看見現實的縫隙，並難以抗拒的鑽進去，直到失去蹤跡，但潘笑始終知道他在哪。

那麼，潘笑本身會什麼呢？她什麼都不會，只是比平常人更嗜愛睡眠。潘笑愛睡覺，足不出戶的大半輩子當中，她實際上在房間裡做什麼事，沒有人能回答。她真的在睡，不論外頭生意多吵鬧，迎神的鞭炮列隊，官方的廣播宣傳，或是來訪的客人的喧嘩，她要睡的時候，總是不發一語，拉上門，獨留在安靜的夢中。她連夢裡都是安靜無比的。

她有自己的房間，原是做佛堂用。一尊木雕觀音，一只細頸花瓶，一盆小香爐。她的家族與夫家無人禮佛，她不去寺廟，亦不讀佛經。她會撚一炷香，時時更換新花，盤坐在觀音前閉眼。像是在沉思，亦像是坐著睡著了，一閉眼就是數個小時。很難說她信仰什麼，然而又予人十分虔誠之感。她在裡面待久了，漸漸就像住在裡面了。尤其丈夫去世後，她的餘生，幾乎都在那裡渡過。

她在房裡相當安靜。安靜是會擴散的，在門外的一兩公尺，聲音好像會自動地平息，空氣不震動。那與沉默不同，儘管日常生活裡，她愈來愈沉默。沉默與安靜，在那個時代，她無緣親眼見證終結的恐怖時代裡，到處都是沉默，可是缺乏安靜。

因為沉默，所以多語。怕的是沉默裡壓抑的記憶衝口而出。怕的是內心的話語洩出，進入無辜子女的意識裡。怕的是身邊最信任的人的背叛。怕的是你不發一語仍然有所密謀或不滿。怕的是暴風雨前的寧靜。所以說話，說著口是心非的話，說著勉強學習卻始終被取笑不標準的國語，說著所有人要一致複誦而無靈魂的話，說著無關於自己過去記憶的話。只為了說，深怕那一刻的鬆懈，再度開口便壓不住話語，猶如紙包不住火。

經歷過那段日子的人，皆無比懷念安靜的時光，並悲觀的認為再也無法擁有了。真正的安靜，在心內，自己就在那裡，你知。沒有必要可以不說，需要時也未必要說，不說也不要緊。當人們不停地說話，說著不屬於自己的話，在這塊土地上成為帶著口音的異鄉人時，安靜，便成為這島上最匱乏的資源了。

有識者也許會想，悲哀，這島上所有的人，都說著謊言，相信謊言。恐懼也好，接受也好，結局都是一樣的。

潘笑的房間，是島上極為少數真正安靜的所在。她將安靜帶回自己的房間上鎖，儘管如此，仍是令人欣慰不已的。那與外頭全面占據的沉默不同，那像是覓得了祕境，看見森林中的神獸安靜棲息而不願打擾，或像是啼哭不已的嬰兒突然安祥沉睡，會自願地放慢動作，甘心成為環境的一部分，共享那份安寧。有時，她的子女與孫兒，會在某些特別脆弱的時刻，靜靜地坐在房門前，聽著沒有聲音的聲音。感覺像一點點地靠近安靜，像夢到死去親人猶在人間般的甜蜜與哀傷。

潘笑沒做什麼，只是作夢。做著不一樣的夢，需要足夠的安靜，寧可放棄言語才能換來的安靜裡，才能做的夢。

同枕多年的添新一輩子沒能知曉她的夢。她的睡姿世間罕有的優雅，猶如臥佛，若月光透進來，打在她皮膚上，滑玉般的聖潔。她從不輾轉難眠，躺著便進入睡眠。睡夢間她呼吸極微，不靠近甚至會懷疑她是不是還活著。她不說夢話，沒有半夢半醒的胡言亂語，也沒有任何一次醒來後轉述她的夢境。她平穩的睡姿難以判斷她作著怎樣的夢。是美夢，是噩夢，是關於過去的夢，或關於未來的夢，在夢外的添新是不可能知曉的。

她是會作夢的，添新確信著。如果要說理由（畢竟也沒有人問過），他也許會說，因為自從在她身旁睡了之後，自己就再也沒有作夢了。他的夢被潘笑的夢吞噬，潘笑的夢是貪婪的，即便她毫無所覺。添新懷念作夢的時候，會藉口獨自到帳房席地而睡，一、兩晚甜甜的美夢後才甘心回去。

她的兩個弟弟不知道潘笑的夢，可是他們都感覺過自己被夢到。信仔在台共組織潛伏與四處躲避追捕時，唯一逃不過的就是姊姊的夢。會有短短的時刻，他知道自己被夢到了。他因此也與自己拉開的一點距離，稍微有點預知的，看著自己與周遭環境的變化。被夢得越久，就能看得越多。他承認，好幾次他冒險過度，在瀕臨絕望之際，潘笑的夢剛好來到。像個透明的薄膜包著他，帶離了時間一點點，使得他看見眼前的死路，成為不同未來的歧出點，才得以成功脫險。

也許這需要代價，也許她一直以來都在付出難以想像的代價，然而她並沒有說。

這也是他們兄弟倆為何默默感謝著她，在急難時會想到她的緣故。只是無比抱歉，她在自己夢的世界到底經歷了什麼，就連他們也不了解。

6.

最後一個關於潘笑的笑故事，是在她離去的那天。

在老一輩的人陸續凋零後，關於潘笑會不會笑這件事，更沒有人會介意了。或說，連她的存在，身體狀況，過得好不好，這些事都沒有人過問了。在那朱家的舊房子裡走動，會自動避開她的房間而不自覺，客人來訪與離去她亦不露面，客人也亦無察覺她的存在。她似乎刻意活得不為人所知，遭人忽略而遺忘。子女固定三餐送飯到門口，偶爾忘了，她亦不惱火。舉家外出時，也沒人知道她如何解決飲食，因為街坊鄰居無人見證她出門，或開燈下廚。

孫子孫女們的印象裡，沒有祖母的印象。偶有見過面時，最年幼者，也會意外祖母的矮小單薄。沒人會厭棄或害怕她，偶爾會擔憂她是否憂愁，是否需要關心。這些過度的揣測，永遠堵在那道門之外。無妨。世間的一切與她無關，如此乾淨。

她走的那天，風有點大，比她生活大半輩子的竹塹的風還要大些，狂野些，哀悽些。吹得門簾飄起，房門震動嘎嘎響。她的早餐一直放在門外，所以不到中午就被發現，被她神經最為纖細，善良而有些風病的女兒察覺了。

早已把家產分出的她，所有人心照不宣，將葬禮簡化，直到不能再減。怕是驚擾她的長眠。

據她的子女所見，她是含笑而逝的。

那不僅是她此生唯一可見的笑容，那笑容的樣子，也與世間一切的笑不同。

為了守護這祕密，子女在發喪前便早早封棺，讓她可以將笑容帶進土裡，與早逝的丈夫作伴。

第八章

焚書

1.

他經常噩夢醒來。悶著，醒在夜半中。心臟在胸腔強烈撞擊，胸口彷彿千斤重。叫喊不出，四肢動彈不得。他總是這麼安慰自己的：沒事，習慣就好。無論是噩夢或現實，都一樣難以呼吸。

於是每回噩夢驚醒平靜後，他會繼續睡，哪怕回到重複的噩夢。

自從那事件後，他重複做著兩個噩夢。

一是背景模糊的視野裡，疑是信仔三舅的身影，像是靠近亦像遠離，像是現身亦像是隱沒。

另一個則是那個地下室。

說是地下室，其實是廢棄的防空洞。無論夢的裡外，他都能無比確信地，指認那間地下室的所有細節。那個他再也沒有回去過的地下室，完整儲藏在他夢裡。不需證實，他知道夢裡的所有細節，包括空間大小、空氣濕度與氣味、地板的粗糙與所有的物件，都是當初那個。

在夢境裡，他在那間地下室，手裡的蠟燭燒到極短，眼看要熄了。燭光搖曳照亮的他周圍，他模糊地看見，沿著地下室的牆全是書架，上頭擺滿了書，許多的書背都被蟲蛀掉了。他恐懼又興奮，憑著燭光，一小步一小步的前進。怕是弄熄了燭火，也怕是驚動這些抵禦著時間的書。他感覺，如果一瞬間失去了光明，也許不只是燭火熄了。而是這些書終究抵禦不了時光，隨著光明消逝，一同掉入深淵了。他想保護的不是燭火，而是這些書。這些書上的光，他嚮往，卻不敢靠近。

除了中文書外，這裡還有大量的日文書，英文書，若干的法文書與俄文書。他咽了口唾液，像是偷闖入他人寶庫內的賊，或是闖進食材庫的乞丐。如此飢渴難耐，出現在眼前卻是奢侈到目眩的豐饒，一時之間不知如何行動。文學、歷史、哲學、社會學、經濟學、法律學，他既遙遠又模糊著在書背間慢慢掃過，有隨時會全然被剝奪的悽苦。貪婪無比的看，甚至是憤怒的，不滿的看，怨毒的看：那些，全是禁書。不僅不能閱讀，不能擁有，他得努力壓抑渴望，不去想這些書，這文字與思想可能帶給他的快樂。他被迫的恐懼這些他渴望無比的書。

可是這些書在眼前，全部一次出現在眼前。彷彿惡戲般的準備好，將所有他曾渴望的，正渴望的，會引起他渴望的所有的書，聚集在這裡。他同時發現，內心裡審查起每一寸移動所照見的書背，每一本，都有被禁絕的可能，並惹來牢獄之災。這如同宣判，被禁的，其實不是書，而是他的思想，他的語言，他的慾望。在禁止之中，燒得愈來愈旺的慾望。

必須毀了這些書。微光燭火，與發散著不可見的光芒的書本，一經閱讀就會照亮思想裡那團蔓延無盡的黑暗。他多想趁蠟燭熄滅之前，擁抱這些書本，甘願與之同歸於盡。

他總會顫抖著手，火要熄了，還來不及看任何一本書，帶走任何一本書。

他同時知道地下室的門要徹底關了，再不走就再也出不去了。

他也知道夢要醒了。

他鼓起勇氣，卻又矛盾感到卑賤可恥。即使知道是夢，即使知道醒來後，這裡連一張紙頁都帶不走，一個書名也記不住，他仍無法感到安心。

一定要親手毀了，他再度告訴自己。

他在燭火燒盡的最後一秒，輕輕點燃書架上任意一本書。火勢不可擋的蔓延，像是跟他一樣飢渴的靈魂，吞噬著這些書。他索性不逃了，就讓火焰也將自己吞噬，陪葬著這些書本。

他醒來時，往往滿身大汗，卻又全身發冷。

那些書在夢裡也不能留。他告訴自己並無遺憾，因為現實之中他早已焚毀過這些書。已經燒過了。他安慰自己，不管餘生會夢到多少次那間地下室，那些他真的都燒掉了。

如果記憶沒錯的話。

2.

成為職業密謀者後，他隨身帶著一本書。放在書袋裡，或藏在衣襟裡，不管到哪，他身上都有一本書。

他身上也只會有一本書，經常換。畢竟他讀得快，記性又好。主要是，對一個職業的密謀者來說，一本書往往透露太多的訊息。書的來源、上頭的記號、留下的污漬與氣味，書的內容可能推斷他的思想與狀態。一本書，看完就藏起並不再回顧。此輩之人首先要捨去對於物的眷戀。

他還不識字的時候就會偷書了。

一開始，當哥哥阿仁上起小學，他第一天便偷偷跟去，躲在角落裡偷聽著課。固定的姿勢縮在角落，感到無聊，昏昏沉沉睡了。回到家後，沒人察覺也沒人盤問，除了知曉一切的姊姊阿笑。他天天跟去，直到累了才離去。父母為了兒子不忘本，私下安排阿仁課後私塾，學習四書五經，他依舊跟著哥哥去了。並以同樣的方式待著。私塾的先生開始跟人抱怨，自己老了記性不佳，常常發現一兩本書不見了，過一陣子又完好如初出現在架子上。

到了該上小學的時候，他突然說要去跟日本人一起上小學校。家人不明所以，想要說服他時，寡言的阿笑說，不如考考他。阿仁拿起自己的課本詢問，不論國語、算數、漢文，他都皆對答如流，所能回答者甚至超過阿仁的年級。他亦背起《論語》、《孟子》、《孝經》等書，令父母甚感驚奇。他們請來私塾先生，判斷他的天賦。一對一的問答後，先生說：「可惜，若是較早，伊可能中進士。」

就不論他竟然還說起日語，寫起標準的平假名、片假名與漢字時，他們又驚又喜的反應了。

阿笑與阿仁一點也不訝異。他們只告訴他，書，拿了記得要還。

他謹記這點，自童年起。他依然熱愛著書，後來也買了許多許多的書，旅行或逃匿在各處時，總有辦法弄書到手。可是他不以為那些書本是屬於他的。那些書只是借來的，暫時有幸在他手裡，儘管留下筆跡、汗漬，甚至逃亡時不甚受傷沾染的血跡。這些書終究要還回去的，可以屬於任何人，但就不屬於他。

抱著此信念，他選擇顛沛流離的一生中，沒有一刻放下書本，沒有一刻喜愛閱讀。因為這些，都會歸還的。

3.

他的第一本書是信仔阿舅給的。

阿舅每次出現，都會帶上滿手的禮物，不僅大人，連每個小孩都人人有分。譬如玩具、精美的小雕刻、放大鏡、帽子、小領結、鞋子，這些禮物許多是從日本、米國，甚至不知哪裡來的。阿舅似乎懂童心，帶給他們最需要的物品。孩子像看到一個滿載而歸的船長，帶回了無數的金銀財寶，他們是船員，分封著這些獨一無二的財寶。

他記得收到第一本書的時候時剛滿五歲。他當時因為鼻炎的緣故，冬天時常掛著鼻涕。他天生潔癖，往往把鼻涕用力吸回，拚死命吸，使得鼻竇發炎更為嚴重。他渴望收到一條乾淨漂亮的手帕，可以折得方方正正的，像塊豆腐，流鼻涕的時候，可以優雅地擦掉。沒想到拿到的禮物，是一本長方形的冊子。他還不識字，畢竟離他上小學的年齡還要兩三年。他以為自己最受寵。收到這禮物時他完全不明所以，只見其他的兄弟姊妹互相好奇探看對方的禮物，比較或炫耀，就他孤零零一個拿著書。書對他來說太大本，太沉重，而且沒有意義。

他不愛哭。小小的手把書抓得緊緊的。他頭一次體會什麼叫不甘心。他想跟眼前開心的他們說，他收到的的禮物才是最棒的。

那天夜裡，他被阿舅叫起，並要他帶上那本書。在客房裡，小燭台下，阿舅一個字一個字教起他唸。那是本日文童書，阿舅說那是他非常喜歡的作家，他喜歡那位作家的故事。作家。他第一次聽到這個詞，從此記下來了。他們讀，不論他尚年幼而不識字，不識漢字與假名，他不多加解釋，僅僅教著他識得。

之後是漢詩、漢文讀本。依然，不問難易，毫無循序漸進或任何規劃，只要他跟著。在半字不識的狀況下唸著，反覆著，阿舅解釋著，不論他懂不懂。阿舅每帶來一本書，他就將手上原有那本還回去。不顧書有無讀完，興之所至，便抽換掉手上的書，立刻跌進另一本書裡。

再來是英文書。阿舅說這是一本很棒的，米國的小孩的探險故事。他對米國只有模模糊糊的概念，而書上的字母是他完全未見過的。聽阿舅念起時，那全然陌生的語言，簡直像是美好的音樂。像是栽種多日的果實發芽，至此他燃起求知慾。教完二十六個字母後，沒有講解文法、沒有講解發音規則的狀況下，他們的閱讀，猶如不可思議的探險。

他們持續了三、四年，頻率不一。實際上，這樣的時光並不多，大量的時間，是他抱著這份禮物，一個人沉浸在自己的世界裡閱讀的。這些閱讀的時間看似孤獨，卻一點也不，一方面是書裡有廣闊的世界與許多朋友，另一方面讀著書時他感覺三舅就在身邊

接近學齡前，一經測試，他成為神童，不但早已識字，會讀會寫會做詩，還會日語，甚至連英語都會。他沒機會說，儘管懵懵懂懂，法語與俄語的小說，他們也讀過了一些了。

他成為家裡所謂的讀書人，這好像是從小就注定的事，直到成為懷才不遇的落魄教師時，這身分依然烙印在他身上。

人們都以為他飽讀詩書，精通各種語言。實際上也是。可他總覺得，他一直以來讀的那麼多的其實是同一本書，說的那麼多國的話是同一種話。那本書從來沒讀完過，就像那個語言從來沒被說過。從那一夜與三舅讀起他的第一本書起，往後只是延續。

4.

他一生都覺得被壓迫。也許他是幸運的，善於躲藏，懂得保身。他可以行蹤成謎，只要不回頭，他可以成為世間最偉大的冒險家。然而他清楚自己是無法偉大的。

把自己折疊又折疊，鑽進現實的裡面又裡面後，他知道還可以再逃。然後有一日，他發現如果繼續如此，會窄到無法迴身。他會無法再通過變窄的自己回到原來的地方。

為了抵禦內心無來由的慌，他持續閱讀。逃亡者總是沉默的，在書裡面可以找到同類，寄存在文字裡的呼喊，與他渴望的明亮。儘管不是每次都奏效，茫茫書海中，真正能觸動到他的書不多。

他疑問，那個無論他怎麼逃，怎麼躲，怎麼易容改裝，怎麼萬無一失的安排，仍揮之不去的威脅感是什麼？他與其他年輕人一樣早早加入文化協會，他期待文明的力量終究可以反過來成為被壓迫者的武器，以話語與筆，甚至行動來改變社會。

他讀著書，從大家都讀的書，到了眾人所不讀之書。他執意尋找，讀別人不懂的文字，尋找殖民地政府不讓人知道的歷史。他有許多罕見的書，尚未被挖掘重要之處的作者。

終其一生，少有人真正見他讀書的樣子。他視作自己最私密，最不願與人共享的樣貌。就連他的妻子，他的情人們，都鮮少有機會。往往只能瞥見他優雅收書，開口話家常，卻怎樣也不提他所讀的書。

也許世間只有一個例外，是與他最相像的、少點靈感卻多些憂鬱的外甥阿寬。他帶著外甥讀書時，像是某種對於自己的修正。他帶著阿寬讀著各種外國文字，外國的小說、哲學、社會學、經濟學、歷史、法律學，其實暗暗地，想告訴阿寬一個他連自己都不太願意面對想法：有這麼多迷人的書、文字與思想，那麼多精采的故事、人物與歷史，但回過頭來，關於我們自己的故事，其實少得可憐。不是沒有人努力過，是相對而言，實在太匱乏了。

他讀了許多書，不是義無反顧。反之，他愈來愈懷疑知識的用處。矛盾的是，要他真的放棄，還是得透過書本。哪日思索通了，確定真的是無用的，他才會安心放手。他一本一本書的蒐集來，四處擺放，又忍不住冒著風險蒐集回來，藏在某處。他捨得任何一本珍貴之書、令他熱血沸騰、令他無比歡快、令他大夢初醒、令他豪情壯志、令他絕望無比的書。他早早定下規則，看過一輪，就當作身外之物。卻又難以親手葬送這些書，默默又聚集起來，提醒他這麼多年的徒勞無功。

諷刺的是，作為一個共產黨，對書籍，對知識實在不應如此拜物。他的許多同志，即使在討論嚴肅事項，也鮮少如他執著於思想邏輯，以及這些如何實踐的問題。

他仍然組織讀書會，教農民讀書，讓他們有階級意識，認識到自己是被壓迫的，是該反抗的。這些事可以讓他稍微心安。他接受任務，喬裝各種身分，指導農民與工人們如何組織，如何動員，如何甩開跟蹤，如何煽動後又隱遁在人群之中。

曾有那麼幾年，他感覺底層的翻湧。而同為台共幹部的同志，儘管時有紛爭，大多相信時機就快成熟。他直覺敏銳，心裡擔憂卻無法訴說，只能更積極的將自己的「本事」交給那些孩子們。他當時不過二十來歲，看著那些十幾歲的少年少女，竟有了父愛。他不敢或不願說出自己的期待，因為那是如此矛盾：他希望他們真正的醒來，感受到不公平、不正義、被壓迫、被剝削，同時學會在覆滅時刻到來時，有辦法逃脫與安全躲藏。然後，不要放棄希望。

他曾遇見過幾位天資聰穎且值得栽培的孩子，動過念頭教導他們讀更難的書，了解更深的學問，更複雜的歷史。斟酌之下，仍然捨棄了。

他希望，將來這些孩子們倖存了，不論經歷多少磨難，或更大的壓迫，偶然記起他時，是另一個樣貌。至少，那個樣子，他是有自信的，有行動方針的，有手段的，有本事的。不願意在別人的回憶裡，是一個在書本當中苦惱，在思考中總是鑽進死路，孤獨而自厭的身影。

他並不想否定，自小以來伴隨他的書本，一路引導他走上這條路的書本，竟是一點用也沒有。就像他不願親手丟棄這些書，毀去這些紙頁，卻也猶豫該不該讓更年輕的靈魂步上他的後塵。

命運幫他選定了繼承者，在外甥阿寬身上確實有同樣的天賦，卻是更大的苦惱，更少的實踐。那也罷了。總會有答案的，也許只有他哪天不必再逃時，與他受相同的苦的人不必再逃時，就可以開始找答案了。

5.

在此之前，他遭遇過兩次焚書。

與三舅不同，認識他的人，只要回想關於他的印象，總是在看書。他的書包塞滿書，也有特權享有一間書房，裡面有三舅送的檜木書桌，幾個簡單的木頭架子，上頭整齊分類著書本。名義上是孩子們共有，實際上只有他一人會使用。他並不霸道，也無意獨占。但這家中最小的兒子早已不需由誰認證，家人自然有默契將位置保留給他，將資源投入在他身上。

十歲那年，阿舅被捕，家內諱莫如深。母親沉默，他亦沉默。他用自己的方式理解整件事，並不意外或難過。感覺像少了一個很重要的朋友，只不過他已學會孤獨，從阿舅那裡，在文字裡，享有比獨處或獨自一人還要更深的孤獨。

很長一段時間，他一切視為理所當然。如此幸福，即使面對惡意時。他求學過程一路受日本人欺壓，先輩的言語與肢體恫嚇，日籍教師亦對於他諸多刁難。他隱忍惡氣，在書裡尋求慰藉。

閱讀有時是柔軟的溫暖的，足以修復生活中各種心靈與肉體的毆打或羞辱，有時也會堅硬冰冷的供他砥礪心志。是抵禦的盾牌，也是進攻的大砲，他在自己的心靈圖書館內是個帝王。無比相信終有一天，台灣人會擺脫日本殖民統治，可以平等的、自由的呼吸。屆時可以不帶任何罪惡感地讀他喜歡的書，不必欣羨日本內地的文學多耀眼。

他漸漸爭取到某種程度的尊嚴，儘管知道是表面的，日本人的善意也純屬個人的、偶然的，有時甚至是政治的。他的日文不但流利，課業表現突出，私底下也開始寫起漢詩，用日語寫些短篇的故事。故事裡往往是個有志且有才華的台灣青年，與身分懸殊的日本小姐的戀愛故事。像他喜愛並翻讀多遍，也拿起原文讀過注記的《紅與黑》。他想像自己也有朱利安那份過人的才華與俊秀（事實上他長得並不好看），脆弱又高傲的自尊，搭上無比浪漫的死亡。他想像自己不畏懼死亡，想要漂亮的、精彩的死。他想像過三舅被處決的樣子，並有點膽怯地努力想像自己為了更崇高的事物而死的模樣。

他如願錄取京都同志社大學。家鄉父老興奮莫名，準備了一大串鞭炮，響得屎溝巷藏匿在農具、米糧堆中的老鼠嚇得逃竄，還有幾隻心臟麻痺當場死亡。

他到了京都，寄宿在一個同樣是經商的日本家庭裡。他得到良好的照顧，因為他的學問與專注，他的房東夫婦對他相當禮遇。他尚年輕的慾望，羞怯地投射在負責打理它生活小事的房東女兒身上。如同他想像著自己是作家，在筆記本裡以文字素描他們可能的愛情。或激情飽滿到難以承受時，他會寫下一封一封的情書，渴望哪天可以傳達到房東女兒心上。

當然他所期望的都沒有發生。對於現實，他太遲鈍或太怯懦。房東的女兒在父母安排下，嫁到了東京，而他的小說只寫了開頭，便無以為繼。他以為拉近了距離，甚至以為自己已經屬於這個世界，可是某些界線是他無論如何也無法跨越的。

他想更專心的回到書本裡，卻怎樣也無法如同過去那般投入。他草草完成學業，一畢業家裡便催促他回鄉。他悵然若失，絲毫沒有衣錦還鄉之感，甚至感覺他丟失了很重要的東西。

他攢下最後一筆錢買了船票。同鄉且是遠親的友人同年畢業，買了另一艘船的船票。友人提議兩人互托行李。如果他們之中有任何一人所搭乘的船出了意外，另外一人可以將遺物帶回家鄉。

一九四三年三月十九日，從神戶出發前往基隆的高千穗號遭魚雷擊中，十五分鐘內沉沒。他一生的摯友，與他這段歲月裡刻苦存錢買下的書，寫下的日記，與房東女兒的通信，全沉入了海底。

他總想像就在那一片海上的火光與濃煙裡，葬送了他的青春，甚至燒去了他的所有抱負。尷尬的是也許在更早之前他在心中，就已經有一股火焰燒著，恨著他讀過的書，與恨著讀書的自己。他回想不起他失去了哪些書，那些喪失的筆記本裡又寫些什麼。為此，他感到愧疚。

一九四五年三月十七日，仍在關渡當兵的他並不知曉，美國盟軍轟炸了新竹空軍基地，也波及到他們家。他們家的樓頂失火，連帶他的書房一併毀了。他細心保存的書本付之一炬。當他回家的時候，已經是尚待適應的新時代了。看著準備重建加蓋的閣樓，與灰燼也不剩的曾經存在的書，他只冷靜的說：「人無代誌就好。」

閣樓重建好後，他沒有意願作為書房使用，僅作為倉庫。之後，二二八事件發生，卻在那裡藏匿了台灣共產黨員：他的舅舅，帶他走進書本世界的人。屎溝巷的奇蹟發生，他一直覺得冥冥中是那些消失的書保護起他們。一如隨著高千穗號沉沒的書本與手稿是代替他而死，空襲中燒光的書是保全了他們的家。

這些想法沒有來得太早，恰在他走進那地下室裡，看見他此生未曾見過的美麗藏書時來到。

6.

他一直寫而沒想過發表。從某個時候起，他就再也沒有寫在空白紙頁上了。除了家書外或一些庶務需要外，他沒有使用任何筆記本，亦沒有其餘紙張。有的只是他隨身的書。

一次一本書，伴隨著他一段日子。他所有的文字，全寫在紙頁上。有時是閱讀的眉批、注記，更多時候不是。他任意在書頁上塗寫，順手寫下，像是札記一般。寫詩、寫評論、翻譯、政治思索、歷史研究、小說、隨筆，當然，還有日記。

漫長的逃亡生活，偽裝生活裡，他讀完一本一本書，也寫完一本又一本書。這亦是他不願再重讀書的原因。與其說是習慣或癖好，更像是屬於自己的禁忌。他必須在這朝不保夕的人生，不回頭地讀與寫。

他亦有另一種天賦。論記憶，他遠不如外甥阿寬。他未必記得書的內容，但他往往記得自己在上頭寫下的文字，或是帶著那本書的期間發生的事。包括天氣晴雨，流水帳的紀錄或個人抒發，他都記得，而書本身的內容任其遺忘。他無比清楚開始這個習慣以來，讀的所有書的順序。那些書在他生命中的哪個時期陪伴著他，他了然於心，就像記得回家的路那樣清楚。即使他有時發狂般地讀，一日便換上兩三本書，記憶也沒有出錯過。因此，在他的祕密藏書地點，是以另一種方式擺放，猶如整理過後又再度編碼起來，僅供他自己回望的記憶書寫。以文字，以及寫在上頭的文字，排列組成另一種密碼，寫成他不為人知的生平。這祕密他將留給外甥，同時不解釋。他只需要阿寬見證這個祕密，然後銷毀它。如同把他的人生殘餘的最後痕跡一次抹去，乾乾淨淨地。

寫在書本上時，他無比甘心。像是種隱喻，在最幸運的狀況下，他的存在痕跡，就是一則注記。若有人偶然拾起，有些人會當作髒污、缺陷、破壞、擾人，或是姑且視而不見。但也或許有人會好奇，會對記號緊追不捨（像他的跟蹤者們徒勞追尋？），會因此視之為獨一無二的。或許會有那麼一個人，偶然見到這些書上的痕跡，虛構了故事。他有時會因此感到被安慰，即使那個故事也許早與他無關了。

儘管如此，他還是決定要在告別世間之時，燒盡這些書。非燒不可。

書寫永遠是複寫，世間沒有一張空白的紙等待著我們寫。他在放上最後一本書時，突然想到這麼一句話，終究沒有寫上去。他關上門。吸口氣，準備繼續奔跑衝向約定的港口。

既然一切都是複寫，那麼不會有什麼可以真正被毀去，亞歷山卓圖書館如此，始皇焚書亦如是。總會有人繼續在上頭複寫下去的。這句話即使沒寫上去，也無所謂了。

7.

他的人生就如此了。既然那一刻，他沒有隨著三舅上船遠離，並循著三舅的囑咐，一一清除他於世上留下的痕跡。才會最後，在以為萬無一失時，在閣樓的角落的最尖端處，找到那張紙條。

他以為那張紙條可以紀念，作為三舅留給他的禮物。沒想到順著紙條的隱匿訊息，他找到了那間地下室。像是個玩笑，在費勁力氣幫助三舅逃離後，卻在這裡看到三舅將其一生所有檔案都寄放在這。

他想像，若是有這種奢望不得的幸福，餘生在此間生活，閱讀三舅讀過的、思索過的、寫下的，他也許能不再懷疑，就專心沉溺在這間地下室裡。

他等待時機，直到二二八蔓延全島的火被完全撲滅。等到島上有形與無形的火，或任何可能引起火苗之物只能藏匿在更深之處時。他才終於放火燒了那間地下書庫。

他在離開新竹前放了那把火，然後坐上那班夜車。近視極深的他，透過列車窗戶的倒影，隱隱看見遠方有黑煙升起。他沒勇氣將頭轉向那個方向，繼續看著車窗的倒影，將虛幻留在虛幻，現實更加虛幻時，他才好過一些。

他還有很多才華有待忘記，好在還有時間。

在此之前，要忘的東西還有很多，可以不要急。那些被奪走的財產，被剝奪的權利，被踐踏的尊嚴，被摧毀的日常。那些死者，大批被槍殺的人民，被抓走不知何時能歸來的人，那些目睹可怖場面而內心損毀再也無法修復者。還有無形的，原以為屬於自己的歷史、文化、語言，還有曾經以為確實擁有的希望，皆在旦夕中覆滅。

倒影的煙慢慢遠離，故鄉也落在後頭。地下室的書也許早已化為灰燼。即使他心裡面，比裡面還要裡面的地方，有把火還在熊熊燒著，兇猛的像是能吞下一切事物。儘管如此，他下定決定，既然留下來，就要存活，保留一點火苗，流傳下去。

他先到了六張犁，卻擺脫不了關於三舅與政治犯的噩夢。全家最後落腳在台北市的邊緣，三重埔的老房裡。他有時也不免詫異，原來他也可以這樣過日子，而孩子們也可能如此無憂。他一直隱隱察覺，也許是他兄弟姊妹當中唯一察覺的：他的母親與兩位舅舅，是有點不一樣的。他亦以為，相對於他們，自己除了會讀冊外，沒有其餘的長處。進入這時代後，更顯得一無是處，甚至是有害的。

直到某一天，他偶然從書房走出，看見孩子們排成一列坐在椅子上，想像自己在一條船準備出航。這是他的習慣，每晚睡前命令小孩用椅子堵住大門，從門口排成一條長龍。對他而言，門外始終威脅著，經常有人跟蹤他到家門前。他怕跟蹤者闖入，不僅將他帶走，也會鑽進他更深處，掏空他的祕密。同樣一道門，對孩子來說，看到的竟是門外的未來。

他突然體悟到，原來自己能被母親與舅舅信任，是因為他也有一份只屬於他的能力：他是這世間最能夠守住祕密的人。

他的多慮，與他對於試探、跟蹤、套話、監視的抵禦能力，即便真的被舉報而入獄，挨過嚴刑拷打，他也是世間上最能守住祕密的人。他可以讓一切祕密沉到最深處，直到自己都忘了。

他想起曾經讀過的法國小說：有位軍官，在戰爭的初期被長官交付一個祕密任務，卻在執行的前夕被敵軍俘虜。他被當作一般的俘虜對待。他一直戰戰兢兢，不讓任何人知曉他有祕密任務在身。戰爭比他想像的還要久，他抵禦著誘惑，一路等到戰事結束。他成功守護了祕密，然而，他已經忘記那個任務是什麼了。於是，他找尋到那位長官，告訴他所做的堅持與苦難，軍官卻說自己完全不記得有這麼一件事。

如果是這樣，他或許可以從容一點，不必惶惶度日。也不用擔憂子女們會探知到家族的祕密。他可以再多讀點書，寫些喜歡的東西。可是已經來不及了。況且，就是他這樣的性格，使得他能保有這能力的純粹，純粹到他這麼晚才發現，祕密到自己都不知道有祕密。直到他察覺時已經太遲，因此毫無威脅性了。

例如，他染上了輕微的酒癮，雖不至於喪失機能成為廢人，但在心底，確實有個部分，給酒精弄殘了。他學習講國語，在學校裡扮演個平凡的英語教師，也學習寫中文。但那份書寫的慾望，早已蕩然無存了。

他依然讀，依然寫，一個人。有時接觸禁書，寫點關於自由，關於台灣歷史的論述，每隔一陣子，也就燒了。每逢燒香爐時，他都會默默一旁準備另一個爐子，默默燒起書與他的手稿。他知道即使不燒，他也有辦法藏起來。只不過他還是選擇那麼做，不用理由。

他並不害怕，不是因為害怕。即使別人會這麼猜，也許往後的子孫會這樣推論。但如果有人問起，他會這麼說：焚書不是出於害怕，是出自於自由意志。可以銷毀有形的紙頁，讓無形的事物永遠存在，至少在他腦海裡，是世上最安全的地方了。

8.

他閉著眼就可以回想起那個書庫。書庫有兩個。現實裡的那個，每回他皆匆匆來去，罕有於此間流連忘返；另一個在他腦海裡，他清楚記得每本書的封面的材質，污漬，破損，以及擺放的位置。那些書是如何出現在他手中，又如何歸入書庫，他閉上眼睛，歷歷在目。

這就是他的歷史了。他想。

沒有一本書關於他，將來必然也不會有太多的筆墨，書寫他的渺小一生。

再年輕一點時，在上海剛加入共產黨事業時，在瞿秋白的懇談下，他與翁澤生確實感到陶醉。見到蘇聯派來的東方局負責人時，他被寄予厚望，激起他豪情壯志。希望人生在世，該獻身於崇高理想。他希望有一天能寫下自己的回憶錄，一位無名的英雄推動著歷史。

他不久就失望了。他依然在組織裡，在那個一開始就分崩離析、爭權鬥利、互不相讓且不知道該如何定位的共產黨分支。他默默尋找其他的出路。

他一個人鑽研起他們口中要信奉的理想，研究巴黎公社，蒐集十月革命資料，閱讀馬克思，閱讀費爾巴哈，閱讀聖西門，閱讀片山潛。他沒有特別目的，也不是為了反駁什麼。只是不這樣做，似乎無法說服自己為什麼要冒著險從事這份志業。儘管他也清楚，若真的想說服自己繼續下去，最好的方式該是什麼也不追問才是，包括對自己也該放過了。因為共產黨光要存活都如此困難。偏偏他最難忍受，當一切都是為了存活而不擇手段時，那麼理想還能擁有多少。

那就好像，曾經是那麼自由的逃跑，最後卻鑽進出不去的迷宮；善於躲藏在人們的意識陰暗處，久了卻同化在黑暗中無法掙脫。

無論是閱讀或思考，或是他一直推動的組織與運動，在別人眼裡充滿自信的他，從內心深處更深處，裡面的裡面潰堤了。

在內心危機最大的時候，尤其獄中歲月中鑽牛角尖而無法自拔時，他想自殺，也想偷偷越獄燒了他的書庫。這兩件事其實是同一件。他希望在焚書的時刻，將自己也火葬於此。

他認真策劃，卻在計劃最完整，時機最恰當時放棄了。

原因簡單又難以解釋：不夠乾淨。

在自己內心，他找不到詞彙形容，或者說，找不到相同經驗可以比擬，包括閱讀間學習的、窺看他人內心的。那是他超乎常人的心靈中也遍尋不著的可以相比的渺小感受。

他決定交給阿寬處理。這就是他個人心願了。

他人生的最後，孤自一人在上海。那是他加入共產黨的起點，也可能是終點了。疾病與營養不良，使他陷入昏睡。他作了好長的夢，夢裡他回到了那座書庫。

他在夢中細細撫摸每本書。在彌留的那幾日，在夢裡像是多活了一輩子，隨著書與字流連於記憶。過去他想著一生究竟值不值得，此刻，不在時間的時間裡，他肉體最靠近死亡的時刻，腦袋裡面的裡面，已經不再是問題了。

9.

火點燃，書庫的門，與外頭防空洞的門都關上。

他們不需要重回現場二度確認，那裡的書是否順利燒完，或是否有人發現。

在那分不清楚是誰的夢裡，他倆看著那把火彷彿永遠燒著，直到那些書靜靜變成灰。

在那絢爛火光裡，他們看見彼此，然後不需要靠得更近了。

第九章

遠方的信

1.

他在十歲那年見過陳水扁。

那年陳水扁參選台北市市長，在新公園舉行活動。在台下，他聽著父親講陳水扁的故事，關於他極年輕即考取律師執照、關於美麗島、關於他在市議會的表現。還有，關於吳淑珍癱瘓的故事。

他記得的不多，印象中舞台上與舞台下皆熱情。然後陳水扁出現了。這是他人生頭一遭與所謂「政治人物」近距離接觸。陳水扁在一路夾道歡迎中，一面與群眾握手，一面走向舞台。他也握到陳水扁的手。那雙冰涼、掌心沒什麼肉、皮膚稍微粗糙的手。陳水扁一上台氣氛就變了。注意力朝著他的聲音聚焦，沙啞有點破音的演講。恍恍惚惚，被這氣氛感染，同時也覺得陌生。世界好像有什麼不一樣了。

不過這份陌生感有個很根本的原因：他聽不太懂台語。

自小，父母在家都跟他說國語。儘管夫婦之間日常仍然說台語，或是國台語交雜，看著楊麗花歌仔戲，他不知道怎麼回事，就自然的把台語當作某種「聽不懂的語言」。他會說「聽無」，說一兩句不輪轉的台語，不然就是跟大人嘔氣。要不對方改用國語，否則沉默。他印象裡，早逝的阿公曾經為此生氣，而他與只會台語與日語的阿嬤則一直難以對話。台語是他不會的語言，他無法與說台語的人溝通。

這情況沒有發現太晚，但在他幼年的心靈已經難以逆轉。他的父母，在他上國小前就試著教他說點台語，讓他可以跟長輩說上幾句話。能在長輩問「這囡仔敢會曉講台語？」時，能夠簡單應答一兩句敷衍過去。他雖然沒有任何抗拒，父母卻總是輕易放棄，只是偶爾心血來潮，覺得沒有效果，也找不到理由強迫，過沒多久，「學台語」這件事就忘了。

不會台語，在成長中沒有什麼實質影響。至少他沒感受過。他成長過程沒有因為不會講台語遇上什麼困擾。反倒大學修習表演課時，因為國語不標準而困擾了一陣。他被老師再三糾正捲舌音。他深深記得，在那堂課上，老師把「ㄕ」、「ㄙ」不分的同學糾了出來。用緩慢誇張的方式，念出「獅子」、「自私」、「失望」、「思念」，並要他覆述，在全班的面前。他努力嘗試，不是捲不起來，就是捲過頭。該捲舌的捲過頭，連不該捲舌的也捲舌（「自私」念成「自失」）。一被叮嚀某些音不能捲舌，又變成全部不捲舌了。他想起邯鄲學步，原來他的國語應該沒有那麼突兀的。但同學們笑了，所以他也跟著笑了。他沒有說的是，別說自己發音有沒有用上舌頭，他的耳朵，其實不容易分辨捲不捲舌的音。包括打字時使用注音，實際上「ㄕ」「ㄙ」「ㄗ」「ㄓ」，他都是用背的。

陳水扁的台語當中有某種力量，同時，他感覺到台下的人群感染在一種集體情緒裡。

那種情感令他感到困惑又迷人，那些人臉上顯現的激情，似乎也騷動他十歲的心靈。那是在學校拿著國旗、唱著國歌時從來沒有感受到的，一種更大的激情，以及那激情當中濃郁的傷感。

後來，阿扁真的當選市長。他還記得隔日的報紙頭條，大大地寫上「變天」兩個字。而當年他見到陳水扁的那座新公園，於一九九六年，仍擔任市長的期間，更名為二二八和平紀念公園。

他還要再等幾年，才開始懂得這三個數字的意義。以及這如何影響他的家族。

到了他那一代，已經可以談論二二八了。但需要花上更多的時間，他才覺得這與他切身相關。

他問過不常見面的外公關於那時的記憶。外公說，那個時候聽到台灣人被欺負，二話不說拿起武士刀衝出門。後來聽到警察開始殺人了，嚇得把刀丟進河裡，躲在家裡不敢出門。

沒有更多了。他不知道怎麼問到更多，譬如白色恐怖氛圍，譬如是否有認識的人被告密或入獄，或是有更多難以直接回應的記憶。他以為那就是一片空白，而忽略了，如果關於二二八與白色恐怖的記憶會是空白，那空白本身就是個問題。

等到他意識到的時候，外公已經過世了。他試著追問母親或其他親戚細節，卻沒有人記得。他不免悵然若失。

那份忽略難以解釋，就像他對父母的不解。明明以他們的認同或政治立場，不會壓抑或想抹去這些過往。更不會有任何理由不想讓下一代知曉。可是很奇怪的，像是有某種不知名的力量，會自動的銷毀這些尚存的足跡。以致於，他以為父母親告訴他的事，他們會一直記得。然而等到他開始想要確認的時候，第一手能獲取材料的祖父母已經過世或癡呆（他為此已經努力學會聽懂台語）。一回首，曾經能轉述給他的父母，全然不記得有這回事。記不得的，不是內容，而是他們完全沒有印象對他說過這些故事。就像尼采說的「我忘記帶雨傘了」，仍是某種記得，但家人對於白色恐怖的過往，往往是連自己忘了什麼都不知道。

那些偶然心血來潮或有感而發的時刻，他們轉述給小孩關於阿公阿嬤時代發生的事，這些深刻烙印在他童年時的場景，他們全都忘了。

他才發現，最大的敵人是時間。在時間面前，他，或該說他們所有人，早已一敗塗地了。

他自然不能倖免。初次知道有台灣共產黨，是修習台灣史時。那門課的參考書目《台灣史小事典》的書封上，有點卡通化的肖像，出現了一位叫謝雪紅的人。他印象深刻，是因為隔壁的同學莫名其妙大笑。長久以來，不論意識形態的選擇，不論你會用「對岸」、「大陸」、「中共」或是「共匪」稱呼，關於共產黨，似乎就是「另一邊」的歷史了。即便他的本省家庭出身，也在某種歷史概念框架下，下意識認為正是因為中共在「另一邊」，而國民黨逃來台灣「這一邊」，才造成今日的局面。

即使在那反共復國的氛圍已經完全消失的年代，看到台灣的歷史裡竟然有過共產黨，好像看到某種珍奇異獸。他當時記得那笑聲，感到有點刺痛。刺痛召喚起某種祕密，或祕密召喚著刺動。

那年的過年，他的大伯父與父親、姑姑們，拿著一本《謝雪紅評傳》圍著討論，對照回憶。在談話間他才隱約聽到，家族某位遠親，遠到他不知道怎麼稱呼的遠親，是台灣共產黨當中的幹部。

即便如此，他仍感到這位「父親的三舅公」距離非常遠。遠到像族譜裡記錄著某著祖先當過官，參與過哪個歷史事件，那般遙遠而無實感。

沒有關係。幾乎就是這樣了，並非「他覺得這跟自己沒關係」，而只是微妙差別在「他沒覺得這會與他有關係」。

他是學社會科學的。在初接觸那些概念時，以為可以解釋許多先入為主的概念，意識形態的遮蔽、能夠穿透表象進行結構性的批判。像是拿到一套裝備，得以拆解任何人說的話語、反應當代現象，一切都可以套用哪個理論，引述哪些大師。然而，他當時卻沒想過，在拿到那套配備之前，他早就不是無辜的。這樣說好了，就像你不是在戰事吃緊、即將全軍覆沒、一場浩劫將席捲而來時，拿到可以逆轉戰局、至少能殺出重圍的神兵利器。而是早在拿到這些武器之前，已經是相對安全、鬆綁，無用武之地的時候。

如果你並沒有切身之痛，理論的威力不過是種智力的消遣。當然，戰鬥不會結束。這些理論工具，可以令人保持機警（若不太沉溺於抽象智識的喜悅）。只是同時，在允諾他有資源接觸並對此感興趣時，他所處的環境已經沒那麼危險，而他讀再多批判理論，也成為不了危險的人。

若所謂理論，是種「看見」與「使人看見」的力量。他的確在此有所成長，並因為知識本身，收斂起自滿與力量感。過了幾年，到了他離開家鄉到異地求學時，才真正透過知識「使自己看見」。看見自己的看見，再認識到自己的認識，是在怎樣的條件下產生。也看見自己的看不見，所謂盲點，許多時候並不是遮蔽或隱藏。而是這些都在你面前，你卻建立不了這些事物彼此的關係，以及與自己的關聯。

以至於，即使他家族的政治認同如此，也在學科當中反覆驗證過社會與自身。對於家族中有一位台灣共產黨員，在二二八事件時躲藏在自己祖父家，並由曾祖母計劃逃離台灣。這件事，他談論相關的話題時也會提起，但總是缺乏了實感。早在他知道這些過去與學習這些知識之前，他早已被塑造為一個無法將這些視為「切身相關」的歷史主體了。他必然得追溯到最源頭處，像是追尋系譜源頭，然後再把自己重新生出來才行。

「再去感受」，如果可以，他想對過去的自己這麼說。

來不及也無妨，此刻仍然需要再去感受與思考，未來也是。

2.

阿仁寫下一份回憶錄。關於這份手稿要由誰保管，要怎樣處理，則沒有明確說明。

這份手稿的存在大抵上不是重要之事。家族裡提到他時，尤其要跟年輕一代的子孫解釋這位老人經歷過哪些事時，才會想起有這份手稿。

譬如，某一天，當一位子孫問起，仁祖父（曾祖？叔公？舅公？或是不知怎麼稱呼的遠親）是怎樣的人？日治時期他是過怎樣的生活？家族會你一言我一語的拼湊記憶，然後有人會突然想起有這份手稿。

關於阿仁在中國經歷的事，有些是聽他反覆說的，有些事也是轉述多次而失真的。這些記憶片段存在著許多空缺，甚至彼此矛盾。可是無傷大雅。

他形象鮮明：他國語說得很好，標準官腔，見聞豐富；許多的重大事件，無論是張作霖被炸死、滿洲國成立、七七事變，他皆聲稱「在場」；他認識許多在歷史課本上的人物，包括沒留在教科書上，或僅僅出現在角落的名字。

家族都承認他是個說故事的高手，任何一個關鍵字，他都可以侃侃而談。只要稍微有些涉獵中國近代史，就會知道他所說的版本與教科書、與國民黨與中國共產黨所強調的歷史版本完全不同。

他的故事宛如迷宮。那些故事令人心醉神迷，可惜的是，其實除了他自己，無從見證，也沒人記得住。沒有主線，沒有主要角色（即便有那麼多重要人物），沒有開頭，當然也沒有結尾。聽完，往往也就忘了，故事在他口中說出，找不到能夠使之流傳的形式。

許多人都知道這份手稿，卻不是同時知道，也不是同時記得。它是某一天會突然想起，然後擱在一旁，以近乎遺忘的方式存在。他們分別在不同的時刻被提醒，或偶然知曉，這位老人曾將他的見聞寫下。大抵上他們會對他好奇，至少對他的故事好奇。另一方面，他的故事往往離題又複雜，以至於從來沒有人聽完過他的故事。

他的故事一直流傳著，片段又片段地。每個人記得一小份，轉述時又只能再度切分，往往到了第二手時就已四散，像個精神上必然走向亡滅的族裔：只能傳及一代，便抵禦不住邊界而滅絕。樂觀點說，除了四逸，其實不曾真正消失過。就像曾經在這土地上的許多族裔，眼見是消失了，其基因還在基因海裡沉浮著。那份手稿也因此一直在那，經由親緣關係傳閱與複印。既然他沒有說過該如何處理，便自然地在各種偶然性當中，有時被掩埋，有時浮現。或許，正是以漫不經心的方式，反倒保全了故事。

阿仁被問過許多問題，甚至被質疑真實性。他有時回答，有時顧左右而言他。他知道不管採取什麼態度，那些聆聽都不會持續的。他每次的說話，都只是證明言語的無效：他說了什麼，都取代不了他們對他子孫們所灌輸的歷史。阿仁無異站在歷史的反面，徹底投降：他早已不再有任何抵禦時代洪流的意圖。他風趣講著個人見聞，口沫橫飛。表演性極強，卻不會讓人想要追問，或希望他歷史留名，將他的記憶化作材料。他知道，若想堅持什麼，將他在那段歷史裡所留下的足跡顯影的話，會令他的子孫們蒙上陰影：漢奸。個人榮辱他已不介意，儘管如此他還是避免這種說法。一方面不讓子孫困擾，另一方面是這其實有些顛倒是非了。他不想辯駁，卻也不想被這麼斷定。

唯獨有個問題沒有被問過：為什麼像他這樣一個人，會想寫回憶錄呢？為了給誰看，為了說什麼？因為沒有人問過，成了真正的問題。在他過世後，成為一個問題留在那裡等待。

直到他問起。

他對於阿仁的事所知甚少。事實上，他根本不知道家族中還有這號人物。若不是他想從家族長輩當中，稍微再追問出一點關於台共信仔的資料，或至少是有趣的傳言，能喚起什麼特殊感受的材料，他也不會意外得知這個掩埋在遺忘裡的故事。他有些詫異，如果信仔真的有這麼個哥哥，在那二三十年的時間，在東北有如此經歷，歷史上毫無痕跡就罷，為何在他家族裡，卻沒有意識到其價值？從一個遺忘，碰到另一個遺忘。就好像，千辛萬苦破解了密碼，解出的訊息，卻是另一組密碼。

不過，這份手稿就這樣來到他手上了。沒有任何的告知，也沒有其他的交代，到了他手上。潦草的字跡與生硬的用字，影印過後更難以閱讀。

也許他問對了問題。在開始閱讀這個跟他要說的故事不太有關的回憶錄時，也正如他猜想，裡面並無交代關於他弟弟信仔的蛛絲馬跡時，他仍是認真的思索，為什麼這樣一個人需要寫回憶錄呢？他想給誰看呢？

直到他準備好說起信仔的故事時，那份手稿，才不安分了起來。

遙遠的，透過他虛構的圖景，原先雜亂且有些摸不著腦的敘事聲音下，出現另一種聲音。那聲音對著他說話，但對象卻不是他。像是偶然攔截到某個不知名的電波，狂熱的傳達並非給他的訊息。聲音斷斷續續，仍然語焉不詳，卻似乎一點一點地接近。

他繼續寫著，突然那個時刻來臨。那時刻來臨的一點也不神祕。事實就在那，只是還在等他發現罷了。

他發現，阿仁留下的手稿並不是個人寄託其一生記憶的回憶錄，並不是要把故事交代給子孫，為歷史辯駁。那份手稿，實際上是阿仁留給信仔的家書。阿仁同時明瞭，這封信永遠不會到達信仔手上。卻是這樣，阿仁以回憶錄的方式寫下，讓這封信得以存在，最後以這樣的形式，宿命的到他手中。

直到他虛構起信仔。並且不是以某種表象或再現的方式形塑，而是虛構起信仔的困惑，逃脫與隱藏在裡面的裡面的夙願，無以名之地對未來某一日的期望。那封信，才終於撥開了回憶錄的偽裝，指針朝向了信仔。

兄與弟，在另一個人的心靈，在他們那位小說家後代的虛構裡，迂迴的對話起來。這場不存在的對話，在他們各自活著的時空裡，所模糊或直覺猜想的，會發生在某個遙遠的未來。那個未來，其實並不存在，猶如阿仁想像的，將來某個後代，擁有能容納他們對話的心靈，在當時來說其實是虛構的。正如每一刻的書寫所遙想的未來讀者，不過是想像的。所有的書寫都是隱跡的，故事也是。

3.

潘笑都知道，但她已經不開口了。

她占據了那間小和室，在那裡製造安靜，保護起祕密，直到不像祕密。像是哄著愛哭的囝仔入睡，無盡的溫柔與耐性。她既然是知曉者，就該比兩位弟弟更為知曉自己的命運，承擔命運而不逃避。所以她活得比自己所想要的，稍微再久一點點。

沒有人教她，而她自己知曉的事：見證，足以改變世界。世人所謂冷眼旁觀，是躲避了看的責任。真正的觀看，不是被動，而是參與。視而不見，跟盲眼無異。她總是看，比任何人都認真的看，認真到改變了事件，以及預料了發展，使得「有所作為」變得無關緊要。她的視線追趕著世界，為了努力見證世界。

她見過許多如無頭蒼蠅，急於有所作為者。有許多是阿仁的長官，或信仔的同伴。他們多半年輕，投身於時代，幾乎是以肉身去擋時代的巨輪，卻沒有看清楚。

她自知沒讀冊、沒見識。她只是看而已。看了，那些冰冷冷的現實似乎就稍微鬆動一些；真正認真的看了，全然的專注，會讓凌亂的痕跡變得清楚一些，讓過於迅速發展的事件似乎可以稍微緩慢一點。

有一回她與丈夫帶著孩子們回娘家，因為孩子們央求，她的父親帶著孫子們去看映畫，她被再三請託下陪同。戲院裡空氣讓人發悶，放映機有時運轉不順。畫面起起落落，配著題詞人的聲音，她仍舊退了一步，同時看著螢幕，與身旁的人觀看時得入迷表情。三子阿寬較有見識，他跟母親解釋，映畫是一格一格靜止的照片，用很快的速度放出來，讓人以為會動。她想起小時候看過的走馬燈也是這樣的道理。她鮮少思考，那天卻失眠了。她的人生僅僅幾次的鑽牛角尖。那天在夜裡，她躺在自己的老家的房間，與身旁丈夫、孩子們擠在一間小小的榻榻米上。黑暗中，整個世界都是她自己的放映室。

她拿著自己的回憶做實驗。既然一格一格的靜止照可以變成會動的影像，那麼她也可以把記憶切分再切分，直到流轉的記憶影像近乎靜止吧。然後最終，她的回憶可以像個膠卷，被保留下來。她毋須苦惱要如何保留，或如何傳遞下去。總會有人看到的，就像那一疊被她弄消失的信一樣。

那疊信，來自於她兩位弟弟。早年她急於知道內容，慢慢的，她也不急於請丈夫或阿寬幫她讀信了。她將信紙整齊折疊，再折疊，放進一個日本的上漆木盒裡。她過世以後，遺物當中沒有這個盒子。

阿寬幫著母親留住了這個祕密，那裝載著信件的盒子，像是經她轉手，再寄向遠方的信。

許多年以後，他想像她，他的曾祖母，那位在家族老照片裡的矮小老婦。那個剛成為寡婦的女子，不僅收容在二二八事件後遭通緝的台共弟弟，也幫助他出逃至香港。他築構起她的形象時，知道她早就在那等著了。留下什麼都無所謂，那裡頭的更深之處一定還藏有某些東西，可以傳遞下去。她知道一定有人能夠看見她的看見，那些無聲也無序的畫面。

無要緊，他想。他看著她的形象，走到裡面，再往裡面一點，有個房間，播放著影像。

不屬於她而被她觀看紀錄下的。

他看著她的觀看，偶爾停格，偶爾反覆，然後說起話來。像是古老電影的「辯士」，在無聲的畫面中說著故事，猶如這些事才第一次被人認識。

4.

作為遺孀，盆沒有祕密。該處理的都處理了，不需她費心。那是丈夫信的體貼。即便上了黑名單，是個被通緝的人，是必須一群被徹底剷除的存在。信也早已安排好，在被捕之前自行失蹤。是的，顧名思義，一絲蹤影也不見，逃逸的痕跡亦乾淨抹去。

不難過，他們之間早有默契，不需言語，真正重要的東西早就寄放在她心底。

她在某些方面，比故事裡的所有人都清楚自己的角色。她是盆，許多祕密寄放在她心底。她原來以為，既然寄放在這，就必須盡保管之責。有很長一段時間，她不知道自己過得很辛苦，始終覺得自己該守護著什麼。身邊的人習慣寄放在她那，可是最後大部分的心事都沒人認領。

後來信告訴她，她才懂。那些心事，其實不再需要贖回，亦沒有攤開或面對的需要。放在她那個連她自己也沒有探索過的空間裡，任其存在或消失，就是最好的對待。過去，她故事該等待著結局，只有信點醒她：那樣，就是結局了。

許多的心事混在一起，她學會不以為意，混著混著，竟然更為乾淨，澄澈的讓她由內到外散發著光彩。在那件事情發生後，她接待過不少相同命運的女子，或是她丈夫過往同伴的子孫，沒有人不被她的精力與樂觀感染。她讓所有想打探祕密之人無功而返，讓因為時代而冷得發抖的靈魂能稍有安慰。

不知不覺，她擁有很多了。她將人生填滿，無人看得出她有缺憾。

他問過父親，既然盆女士一直與祖父他們一家密切往來。這位三妗婆，盆，是他們一家子女們都有印象的人，難道沒有人問起她的丈夫嗎？即使當初不能提到她的丈夫是共產黨，是二二八的黑名單，至少要有個說法，總會有人好奇吧？不管說是過世也好，離婚也罷，或是不能說也好，對於那位不曾露面過的三妗婆的丈夫，難道從來沒有人問過嗎？

他的父親愣了幾秒，回答如此坦承：「沒有，從來沒有意識到這是不尋常的。」

他沒有失望，這也是回答的一種。

直覺沒錯。他想像這位女士，試著讓自己虛構起故事時可以再沉溺一點。想像自己沉浸在她歷經時光釀出的酒。

某一天，就這麼突來乍到的，他的父親突然想起：家族的老照片，有信的結婚照。至於怎麼想起的，他沒有追問。他執著地相信，那是早安排好的。

兩張相片交到他手中：信與岔的結婚照。一張是兩人合照，另一張是他倆在中間，數十人的家族大合照，在日本神社前。兩張照片裡，信穿著軍服般的西裝，而岔穿著白紗禮服。父親說，三妗婆到老的時候，臉還是那張臉，所以確定是他們的結婚照。

在他那裡，卻是相反的歷程。信的照片不難找，譬如審判台共時，信的照片就刊登在《台灣日日新報》上。或是一些史料裡，都能清楚看信的樣貌。他確認家族照片裡的信，才認識信身旁的妻子。

她那雙眼沒有絲毫的神祕，對未來毫無畏懼，直接穿透了歷史，與他探尋的眼光相接。他知道她允諾他寫了。

若有人真的想問她，她想說：其實，漫長的日子以來，她並沒有特別想起信。她一直有他的消息。即便沒有，以她的了解，她都能夠替信決定，像是信在她身旁一樣。他們一輩子其實聚少離多，就像他的女兒們對父親沒留下什麼印象。可是那不代表沒有留下任何東西。

她與信最疼愛的外甥阿寬一直保持聯繫。當她知道阿寬的次子阿增準備結婚時，她主動地擔任好命婆的角色。作為夫家親屬，且身為寡婦，這樣的角色，其實吃力不討好。但她樂觀向前，面對一對將來不被看好的年輕夫妻，她希望自己能在場。

她要站在那個新娘子旁邊，陪伴著她。她想告訴新娘，其實她無比幸福。

隱隱約約，她在這對新人的身上，看見未來的某個身影，相當親切又相當新鮮的。她想起丈夫交代過，且她自己也想做的事。她牽起新娘的手。心裡默默地，把所有留在她心中的心事，包括自己的、丈夫的，所有人的無以名狀的心事，多年來心底已經結晶起來無比堅硬、透明的心思，作為祝福，交給了這對新人，與他們將來會帶來給世界的，另一個新人類。那也是她的丈夫企盼的。

5.

阿寬餘生相當寂寞，缺乏能夠交流的對象。而且能真正懂得阿寬的人，其實沒有。阿寬還是會寫，他會在夜晚，眾人睡去後，徹底把自己關在書房裡寫。那些寂寞的夜留下的手稿終究由他親手燒去。

阿寬的才華毋庸置疑：英語教師，不時背誦英文詩句，熟悉古文，國語也學得不差，下得一手好棋，能用毛筆或鋼筆寫得一手好字。

這些才華，與所知道的一切，折磨著阿寬的一生。

祖父阿寬在他四歲的時候過世，在他印象裡是個相當嚴肅的一個人。小時候當然不知道嚴肅這個詞，可是他會怕祖父。會因為他聽不懂台語而大聲說話祖父。他只記得祖父板起面孔的表情。不好親近，總是要求他。

他聽母親說起過，祖父在他小的時候，每次見到，總會說：「哪會把查埔飼到像查某同款？」

雖然無以名之，但他分辨得出來。他成長的過程，當同學、師長，揪他陰柔的氣質戲弄或惡整時，他的背部與肩膀會緊繃，呼吸會變得急促而困難，額頭的髮際處會冒出一點點冷汗，胸口有個難以吞嚥的東西梗在那裡。他的拳頭會握緊，牙齒也會緊咬，有那麼幾次，他不顧一切的衝上前去痛扁對方一頓。結果不是被當作先出手的暴力分子，就是被反過來打倒、被圍毆一頓。

祖父過世得早，接觸時間不長。祖父更像是以無形的意志，在他心底進行壓制，提醒他不要軟弱。他後來較能確定，祖父想要去除的，不是兒童時的瘦弱模樣，而是他那天生的陰柔與敏感特質。

他的父親在他小的時候也曾如此。父親的教養方式，並非不人道或施虐，亦沒有給予無法挽回的陰影或創傷。然而成長過程中，父親難免有「男孩子怎麼可以這麼愛哭」、「怎麼如此退守在自己的世界」、「為何如此不想融入群體」一類的擔憂。有時責罵甚至體罰，多少有恨鐵不成鋼的痛心感在。而總是母親，有點過分溺愛的保護起他的特質。即便這樣的性格，將來也勢必因世界的殘酷而折損。他的父親儘管沒察覺（或晚一點才察覺），母親的角色，正是彌補那個缺口，像是捧著巢上摔下幼鳥的溫柔的手，接納了這個生命。

某方面來說，阿寬是成功的。他像一道高牆，除了不讓子女們知道他的祕密之外，也不讓他們有探索祕密的好奇心。子女們以為他為家計而辛勞，因為是老師性格而扳起面孔。對子女來說，這樣的父親性格，跟許多華人社會的父親、以及受過日式教育的男人沒有太大差異。

阿寬的面具一戴就是一輩子。無法再反悔。亦無暇思考，若是有朝一日可以自在一點活著，會活成怎樣的、或擁有怎樣的面貌。在那時代，光是思想就有危險。因此將自己的教養斷絕是最安全的路。他令兒子學理工，女兒學商、學會計。藝術思想文學，一概無緣。

阿寬自行中斷了教養。這份教養是信仔舅舅啟蒙他的，那些書，那些想法，那份熱情。信仔長久以來是阿寬的讀者，即便到了信仔再也無法讀他所寫的作品以後，直到他自己再也不寫了以後，阿寬心中仍有個想像，是信仔讀起他所交代的後來的事。

一封不存在的信。阿寬這般想。這封信在心裡不停寫著，藏在比意識更深之處。因為日常生活裡，最好連想寫的意圖也沒有。這封信因為不存在，才可以繼續寫。

阿寬作為信仔舅舅逃離台灣的共犯，見證其失蹤者，任務如此困難。究竟怎樣才能證明一個人失蹤了呢？所以即便當他得知信仔已亡故的消息，仍裝作不知情。因為作為家屬遺族，是不能承認他們之間是有聯繫的。

於是，完成信仔的失蹤成為殘忍的語言遊戲。他像是讓自己的三舅信仔徘徊在生與死之間，如冤魂一般無法超渡。當信仔還活著時，像是已死般消失於人世的失蹤；當輾轉知道信仔死訊時，要像是信仔仍活著而到處躲藏的失蹤。生時否認其生，死時否認其死，信仔永遠在陰陽兩處徘徊。這樣，才是真正的失蹤與躲藏了，他想。

幸好，阿寬仍有個祕密支持著自己。畢竟這世間唯獨他，依稀看到信仔從助他出逃的破船跳下去的身影。幾回感覺支撐不住時，他總回想此幕，歡快猜想或許信仔一直在逃，逍遙的以另外一種身分度過餘生。

阿寬的棄絕教養。他將讀書人這事，化成徹底有用之事。唯獨將他的所知所學全部換成金錢，全部換算成世俗價值時，才能真正在心內毀去理想。阿寬除了教授英文外，業餘時間，也充當三菱汽車的翻譯顧問賺取家計。翻譯著英語、日語文件，充滿機械或商業的詞彙。如此有用，間接證明作為一個讀書人是如此無用。他的子女們也成為有用之人，每個都受過足夠的教育。在常軌上，只要繼續駛下去就行。

這也是失蹤計劃的一部分。阿寬在身上就此鎖住信仔的影響。向前追尋不到根源，向後不留痕跡。原本是這樣的。直到他的膝下，有了第一個男孫。

長孫兒的氣質，儘管與信仔或他自身都相去甚遠，他卻直覺感到，這個孩子將來必定難以教養。阿寬落實了子女無教養，斷絕自身所學，以落魄書生的怨嘆身教。在教育體系裡清楚，所有的無教養的結果，全是教養造成的。阿寬知道，三舅信仔（以及他的母親潘笑、二舅舅阿仁）與自己都屬於難以教化類型，不論想如何塑造，在身上加上多少束縛、框架，總有一天會破殼而出的。

阿寬退縮了，也因此感到自己老了。他覺得自己的意志壓不過去這孫仔，甚至看了厭煩。最好的方法，是不讓這孫仔靠近。猶如餘生數十年抵擋著所有的跟蹤、監視著他是否露出馬腳的眼線，孫仔的眼神，對他懼怕，卻又擋不住無比的好奇。

他在成長不同階段，都曾用不同的方式，疑問祖父。祖父過世後，他的父親、姑姑與叔叔伯伯們依然在言談間延續其形象。他假設過，如果祖父能再多活幾年，神智清楚的話，會怎樣看待他呢？關於祖父的謎，例如抑鬱、緘默、易怒、保守，或是為什麼習慣性燒書與手稿？為什麼想盡辦法不讓子女接觸思想？以及，為什麼不讓他們知道信仔舅公的故事，以及關於他們之間的事？

等到他開始對白色恐怖有所認識，蒐集史料。包括二二八，包括台共，以及一些口述歷史。對於祖父的反應與餘生人格的樣貌，才有了脈絡性的了解。脈絡，對，他在學術的世界裡學到的詞。某個程度上，他理解了祖父，包括經歷過白色恐怖的那些「祖父母們」。或多或少，他得到了回答。譬如逐漸能明白，為何透過自己的父親或父親的兄弟姊妹，對於祖父所隱藏的故事，知道得如此片面。

儘管如此，他仍有疑問，在這些被揭開的遲來真相浮上表面時（而且與許多的家族一樣，更多的真相是再也追討不回了），關於那些更裡面的事。

他有個不為人知的祕密。在他三歲的時候，有一回與祖父獨處。那年過年，他的母親在廚房出了意外，送醫急救。他被一個人留在三重的老家，與未曾獨處過的祖父母相處。

他一直哭，一直哭，哭到身邊都沒人。彷彿所有人都忘記他了。他哭著睡去又醒。醒來的時候，他坐在祖父書房的搖椅上。他沒有再哭，因為他看到一整櫃的書，與牆上的字畫。他當然不知道，這些書已經是祖父僅存的、燒了又燒而最後殘餘的書了。他以為這是全世界最多書的地方。

他只待了這一個黃昏，到了晚上就被接走了。

他無從確認真偽，或是夢境、想像。他記得那天下午，祖父任他在書房遊玩。抱著他（不論如何，這才是他記得最清楚的「被祖父抱著」的回憶），看著他的書架，以及取出書後，藏在背後的暗櫃裡，別有洞天的塞了不少的書與紙頁。祖父回答他所有的問題，即便他聽不懂。祖父詳盡的解說他的每一本書，包括不在這裡的。什麼時候擁有的，什麼時候又失去的（多半是燒掉了），他從一本書講到另一本書，像是說不完的故事。

日後，當他虛構起時，一再讓自己重新回到那回不去的房間。他知道即使記憶為真，那也難以趨近於祕密的核心。就像進了那上鎖的書房，翻開那書櫃，以及書櫃更裡面。或是允諾他翻起書，讀起筆記，也有些東西藏在更深的地方。就像他現在，自己的書房裡，留著幾本祖父的筆記本，對於資料的蒐集其實毫無幫助。

他還記得。儘管這記憶猶是那回憶當中最不確定的一段。他問祖父，這些書他可以讀嗎？祖父當時夾雜著國台語告訴他，如果你讀得懂，全部都給你。攏予你。那這本呢？他指向一個很舊的紙袋。祖父說，這是他阿舅留給他的，很難讀，但若是你想欲讀，你要多讀點書，就能懂。

阿寬過世時，沒有立下遺囑。即便來得及，他心中其實希望最好不留下任何東西。可是還是有什麼，在他死後悄悄地留下來，那是他無從管轄的，不屬於他的部分。從來不屬於任何人的部分。

6.

現在你來了。我等你很久了。

雖然我將再度離去。但某些東西會留存下來，就像你知道的那樣。

回到那間閣樓吧。家族的故事，是從那裡開始的。我躲了進去，在堆疊雜物的窄仄空間裡，小得連恐懼都塞不下。如果你有日遇上，先將恐懼拋下。恐懼會膨脹，索求無度，會讓你為了求生而喪失一切。再來是拋去尊嚴，你以為那是最後的底線，實則不然。尊嚴會讓你僵硬，連腰都彎不下。然後隨意，沒有該拋下什麼的問題，能拋的，全都拋了就是了。你不必勉強，譬如強塞在某個角落、牆中的縫、地板下、衣櫃裡。你自然會有個位置容納你。那位置無比寬敞，放心，一點也不陌生。因為那是安棲所有難以分類、不被理解、需要隱藏再隱藏之處，是遺忘的帝國。那裡有一切破裂成碎片、燒成灰燼、消失般的不含有一點點存在的證據的事物。那些，一直與我們以為的世界比鄰而居。

或許你不盡同意，對我而言，寫作是這麼回事。寫作，就是將這兩個世界接連起來的橋樑。讓人可以在這端，稍微看見另一端的形影。就像我現在看見你了。

我一直在寫，猶如我一直想看見你，想跟你說上幾句話。我刻寫在逃亡的路線上，寫在身分偽裝的面具下，寫在我每本珍惜閱讀的紙頁的邊緣上，寫在獄中不斷被檢查內容的信紙上，寫在我輾轉難眠時的瀕臨瘋狂的腦袋裡。我想像你，如同我以小小尖針般力氣，緩緩鑿著牆壁，只要不斷折，總有一天會鑿破。透過那個孔，可以看出去世界，可以將紙細卷，投遞到另一個世界裡。

因此，關於轉向，我或許可以這麼回答：持續地思考著，暫且允諾我抵抗，抵禦得再稍微多一些。思考總在變動，信念也是。因此，若能堅持不變，如此清楚自覺，才是真正的改變。也許我是最希望轉向之人，最希望徹底放棄信念之人。

然後我開始想像你。在我的時間之外，思考、生活、研究這一切的你。你是我的追捕者，而我依舊要逃亡，一面抹去痕跡，一面留下線索，在你察覺之時已經躲藏無影無蹤。然後隨著你一步步的深入，直到找到那個什麼都沒有的地方，我們可以見面。在那不是地點的地點。

我花了好幾年的時間，留下些微不足道的紀錄，在祕密的檔案刻下名字。這些隨之抹去，我亦不意外後來發生的事。不是因為我預料到了，預先看見了，而是在我的想像當中，那本來就是未來的無限可能之一罷了。

好了，現在你來了。我知道你在寫我，於是我醒了。這計劃在我獄中時決心執行，出獄後的幾年間一度忘記，然後在屎溝巷的閣樓奇跡裡，最為危機那刻準備完成。既然我不懂得思考，也未有條件能夠知曉，無法活著回來找個人訴說一切。於是我虛構了一個人，由他來代替我思考，訴說我的故事。

你來了，我稍微看清楚你的樣子了。在我腦裡的更裡面之處觀看的你，說著我的故事的你，並執拗的說起我離去或我不在的時光中的故事的那個你。你使我在我不在的世界裡，故事仍繼續說著。甚至像是正由於我的不在，故事才產生，才有說出來的機會。我感到時光的不公平，甚至有點嫉妒了。

我對你一無所知，你可以是任何樣子。只要你找得到這裡，願意敲門，我便會回應。而你對我所知甚少，但終究是歷史了。無論是史料或家族記憶裡，我都留在某個框架裡。你可以探看現實與虛構的界線，公與私的倫理。你可以思考作者的權力，責任，你可以考慮美學、藝術性、思想性。用想像力填補，修改，揣測，甚至試驗。你是我觸及不了的外面，這何其幸運？

時間與記憶不盡公平。有一天我突然這麼想。在時間刻度上留下一點痕跡供後人辨認、擁有能夠回首來時路的姿態、能夠將教養有系統地傳承到下一代、懂得保留前人的遺產進而化為自身的資產，這些都是某種得來不易的。無名之眾，並不擁有述說自己故事的權力。時間是少數人擁有的，記憶也是。我們的時間是被分配的，記憶也是被配給的，以我們微不足道的生命，原本至少能完整擁有的，最終是被剝削了。大部分換取來的一點尊嚴，是本來屬於我們的。我們沒有時間與記憶的生產工具，缺乏意識形態的覺醒。我們是歷史的無產階級。

會不會有哪一天，時間與記憶，可以共同享有呢？在某個地方，我們可以共同生活？這當然是個虛假的提問了。我想告訴你的僅僅是，我希望你繼續說下去，假如這個人是你。既然這些一開始也不屬於我，而你知道這些也不屬於你。如同我可以完全放手任你書寫，你也將放手讓故事任人閱讀。我想拯救的人已經被拯救了。不應有懼。

現在，我要從閣樓走出了。我將躲進送葬隊伍裡，在這送往死亡的行列中，再度逃亡，直到找到那座舊港，那條船，爾後徹底消失。

然後走進你的故事裡。

推薦跋

追蹤離開的小船，在大船上

◎洪明道

朱嘉漢和我的第一本書在二〇一八年底發表，因為意義上的關聯，被我的出版社企劃視為同一主題的兩種聲道。

儘管在追索的核心有部份重疊，我們的挖掘方式是很不一樣的。如果說是同期出道的話，差別大概有Leo王和流氓阿德那麼大。閱讀朱嘉漢的《禮物》時，除了感受到「寫作者」這個敘事聲音的高度自覺，也可看見朱嘉漢意圖用語文製造差距，時時反思理論和概念。我卻是隱身文字之後，默認寫作者和讀者的契約，逕自說故事的那種。不得不承認，《禮物》和我所熟悉的小說路數，在光譜可以說是相距甚遠的，我必須耗費極大的精神閱讀《禮物》。

然而，《裡面的裡面》是一本在光譜上靠過來一些的小說，並處理了離當代頗遠的歷史，台灣共產黨領導人潘欽信的故事。這種遠並非時間上的遙遠，而是政治上對左翼思想保持的遠、歷史教育裡對台灣共產黨的遠，再加上現今華語環境距離當時日語、台語的遙遠，使得《裡面的裡面》的企圖令人敬佩。

相迫和相倚

在當今要處理相對遠的台灣歷史，寫作者已經沒有前輩需要在文字裡躲藏的必要。另一方面，台灣研究經歷前人突破禁忌、形成學科，到現在有了一定的成果，在責任和倫理之下，寫作者很難再用「歷史只是詮釋和虛假」來施展幻術，虛構也難以無限上綱。

當代寫作者占據另一種優勢，是我們可以借用這些積累，在自由的創作條件下變化出不同敘事方式。但同時也面臨挑戰。得想辦法讓作品在滿溢的資訊裡占有一席注意力，埋下抓人的鉤子。另一個難以繞過的障礙，則是即使在地毯式搜索之後，仍存在的史料、研究的空缺。

對於這樣的空缺，研究者自有迫倚（pik-uá）的方式，需要頂真相迫，嘛愛用心相倚。《毋甘願的電影史》添加了給讀者的糖、實在的乾貨、一切美好的味道，還有做為化學物X的熱忱和眼淚，在非虛構框架下創造出了佳構。

《裡面的裡面》毫不迴避地迎向這樣的空缺，利用小說的方式去迫倚。在相迫的部分，小說九個章節由信仔、阿寬、盆、潘笑等人輪番上場，試圖去逼近更大的全貌。這樣的結構不只達到〈竹藪中〉並陳故事版本讓讀者參與的效果，也展現了「事件」在這些人物身上各自的痕跡。《裡面的裡面》可以說是匯總過去廣義白色恐怖小說的機制，做了階段性的集結，展現「事件」在女性、同輩、後代身上施力，並用立體拼圖的方式組合成了長篇小說，具備相當的完整性。

另外一種小說特長的處理方式，則是心理上的相倚。小說的全知者不時穿越時空和人物站在一起，「你不知道如果選擇切斷關係，會留下多少把柄在他人手上」、「而是某個瞬間賜予你的時刻，將某些你以為失去東西原原本本還給你」。在這些段落，已經預知後來故事的全知者，私密的和面臨抉擇的人物對談，或為這些人物的一生下注解。

這讓我想起巴爾加斯。尤薩的《天堂在另一個街角》。在這本交替描述芙蘿拉、高更一生的長篇小說裡，同樣頻頻用「你」來靠近這些時代異端者的心靈。兩相比較下，《裡面的裡面》透露出更多疼惜和謳歌，《天堂在另一個街角》則多了一點距離和懷疑。《裡面的裡面》借用了小說擅長的技術，以現在的心靈去探測過去的心靈，給了一份探測紀錄。

而對信仔來說，天堂也是否在另一個街角？我們現在又距離那個街角多遠？這也是《裡面的裡面》一再提問的。

在《記憶與遺忘的鬥爭》中，林傳凱反省了口述史的可靠性、敘事生產的脈絡和社會氛圍對當事人敘事時的影響。同樣作為提取記憶的手藝，這些反省也可以做為創作小說的提醒。不同時代採集的口述史總是有不同版本。由不同受訪者集結起來的口述史，也會組合出不同意義。在《裡面的裡面》的潘欽信，是透過其家屬親族視角組合出來、親暱且為台語聲道的「信仔」，小說從頭到尾並未將「潘欽信」這個歷史學界的、史料上的名字給貼在人物上。

《裡面的裡面》終章掀開了書寫的過程。終章裡的「他」可以作為小說的定位點，也誠實交代了一些限制。「他」的家族經歷集體性遺忘，「他」無可避免的處在語言斷裂後的社會，在教養過程中被隔絕於左翼和人文知識之外。「他」和信仔、讀者和他之間的關係，都可以視為事件的延伸作用之一。

百年後的武勇和廢青

回到小說本身，《裡面的裡面》時而低吟、時而高歌，以現代文藝語彙雜揉台語文語感，回顧思考諸角色的一生並賦予詮釋，使得角色們帶有浪漫英雄色彩。這種做法的另一面，是會讓敘事節奏停滯。

儘管我會期待在用概念統攝之前，有更多個案性的細節和差異，拓印出歷史角落裡人的細碎紋路。不過，這是小說藝術自帶的限制。精雕圖式（pattern）的同時必得壓縮人物，情節也會受牽制，小說家只能盡力走在狹窄的平衡木上。《裡面的裡面》見長之處便在於圖式，無論是結構的對稱、人物之間的互相補充，形塑出做為整體的美感，意義的湧泉也往往在其中迸發。小說的跳躍處往往是象徵或意義傳達的重點，諸如潘欽信看見血色的基隆海港、阿寬請盆擔任好命婆，幾處時空斷接令我十分震撼。時間尺度的瞬間拉長，能讓我們重新評價小說中運動的失敗。

放在台灣小說的長河裡，《裡面的裡面》帶領我們看見百年前武勇的樣子，王詩琅〈沒落〉正好可以一起閱讀。相對於〈沒落〉裡轉向的耀源，信仔則是下獄的那個。無論下獄或轉向，運動的失敗已然發生，運動者和具連帶關係者往後的生活，都是小說開始說話的地方。

走過歷史的十字路口後，我們已經很難想像要完全推翻資本主義基礎的社會制度。回頭看這些信奉主義的職業革命家，也許會感到隔閡，但懷抱對另一種社會狀態追索的人，在哪個時代都會有。

《永別書》裡有一段，呂赫若的後代和同學在一番輕鬆地聊天後，說了一句「呂赫若是個真正的才子」。「要是她可以不用說呂赫若是個真正的才子，該有多好」，《永別書》這麼寫。

無論呂赫若或潘欽信，人們都不那麼記得他們。在《裡面的裡面》從幽暗處帶給我們「信仔」的故事。期待潘欽信和信仔之後的調和以及解放，也祝福記憶和意義能繼續生長下去。

（洪明道，一九九一年生。台大醫學系畢業，現職成大醫院住院醫師。曾獲臺南文學獎、打狗鳳邑文學獎等小說獎。以《等路》獲二〇一九年臺灣文學金典獎及蓓蕾獎、金鼎獎。）

評析

裡面的反饋迴路：朱嘉漢的小說系統

◎林新惠

朱嘉漢新作《裡面的裡面》（下稱《裡面》），以他擅長的歐陸哲學，敘述台灣共產黨員潘欽信及其親屬的生命故事。換句話說，《裡面》可說是以歐陸哲學的語言，講台灣日治至白色恐怖這一時間軸的歷史。如此跨領域、跨文化、跨時空的嘗試，勢必吸引各方評論關注。而在台灣歷史文化的關懷之外，本文希望以哲學理論解析《裡面》，探問小說裡面的裡面，隱藏於深邃內核的敘事機關和思考模式。

這個深藏於內核的機關之一，是反饋迴路（feedback loop）。本文試圖辨識《裡面》作為一個敘事結構，如何以反饋迴路構築而成。如同最小的齒輪（反饋迴路）構成了繁複了時鐘（小說），甚至銘刻外部的時間（小說敘述的時空脈絡）。

反饋迴路意指兩個單位相互構成。經典的例子是M. C. Escher的畫作《繪圖的手》（*Drawing Hands*）。在這幅畫中，一隻手畫出了另一隻手：構成A手的所有素材（光影、線條、「畫畫」這個行為）都來自B手，而構成B手的所有素材，又是來自它所繪製的A手。一隻手畫出去的東西，最終會回歸到自身，這是回饋（feedback）；而回饋的重複發生，就是迴路（loop）。

「回饋」的概念也許讓人想起朱嘉漢的第一本小說《禮物》。該書以牟斯（Marcel Mauss）的禮物論為核心，追索書寫的「給出」與「回返」路徑。小說中四人不停思考如何寫小說，甚至籌組一同研討如何寫小說的讀書會，但是沒有一人真正寫出普遍意義上的小說——沒有一人寫成足夠篇幅、甚至每個短篇都很零碎不成篇、沒有找出版社洽談等等。這是「給出」的過程。這種「給出」在概念上類似巴塔耶（Georges Bataille）的「耗費」（expenditure）：不講求保存、不計較實用性、在時間意義上沒有「未來」這個向度。談了老半天「小說是什麼」卻寫不出一部小說，這種給出看似毫無意義且徒勞無功。然而，朱嘉漢透過《禮物》，描繪了「給出」的回返——也就是《禮物》本身。也就是說，小說敘事者「朱嘉漢」，蒐集了小說中四個角色的斷簡殘篇和讀書會的討論過程記錄，最後以小說家朱嘉漢的名義出版了《禮物》。《禮物》的出版，讓小說四人的「給出」得以「回返」：心心念念寫小說的四個人，費心留下「不是小說」的散亂文字，然而這些文字終究由他人之手而成為一本長篇小說。這本長篇小說是他們四人孜孜矻矻給出之後的「回返」。反過來說，聲稱自己只是負責蒐集和組織文字的敘事者「朱嘉漢」，卻也透過「給出」蒐集和組織的心力，而得到「回返」：出版一本屬於現實意義上的，屬於小說家朱嘉漢的小說。[1]

《禮物》將「反饋」的概念開展成眩惑人的迷宮，而在《裡面》，「反饋」之後還要加上「迴路」。反饋已經夠繁雜了，又加上迴路，看似越講越難，其實正好相反：正因為多了迴路，反而變得簡明透徹。如果《禮物》是見山不是山（把概念講得很玄很難），《裡面》則是見山又是山（將概念化繁為簡，四兩撥千斤）。

在《禮物》，朱嘉漢寫了一個故事，故事關於四個人寫故事的過程；也就是說，

《禮物》是「A虛構B虛構C」的過程。[2]在《裡面》，朱嘉漢虛構潘欽信的故事，而故事內的潘欽信，透過小說最終的書信，虛構了朱嘉漢；也就是說，《裡面》是「A虛構B虛構A虛構B……」的無限迴圈，就像Escher的畫。[3]

我們先從「A（朱嘉漢）虛構B（潘欽信）」開始。潘欽信是確實存在過的人物，但在《裡面》當中，潘欽信毋寧更像被朱嘉漢虛構的角色。必須強調的是，虛構並不意味造假、腦補、無中生有，而是在缺席之上複寫：正因為「歷史人物」潘欽信的史料充滿空白，才使得朱嘉漢可以創造出「小說角色」潘欽信。朱嘉漢既不是原汁原味地呈現潘欽信的史料（例如緊密貼合歷史事實的小說），也不是借潘欽信之名而敘述遠離歷史脈絡之故事（例如《文豪野犬》）。[4]《裡面》的潘欽信的遭遇，大致對應到史料記載的事件，如與共產黨的糾葛、在二二八事件中的逃亡、被標籤為「失蹤」等等。但是關於潘欽信的內心世界、逃亡的細節、甚至和親人間的關係，都是小說家的虛構。

有趣的是，小說並不隱藏虛構，反而開宗明義就揭露了虛構——這在涉及歷史的小說敘事中尤其少見。《裡面》第一章敘述潘欽信為了躲避國民黨軍官的追蹤，把自己窩進大姊潘笑家裡的閣樓，並且奇蹟似地，在軍官搜索到閣樓時，明明就蹲在警察的褲檔前，卻完全沒被警察發現，因而逃過了被逮捕的命運，最終得以搭船逃亡香港。這個小說中稱為「屎溝巷的奇蹟」，在時間軸線上對應到歷史事實（逃躲國民黨的追捕之後再搭船到香港），但在時間軸線上發生的故事細節，則是小說的虛構（閣樓、在警察褲檔前隱形等等）。在這些故事細節之內，則有更繁複的虛構：潘欽信躲在閣樓中，開展了關於自己人生的，近乎哲學般的辯證和經歷。例如他思考自身存在的意義，建立在絕對的否定之上；他認為自己在歷史的缺席就是屬於他的剩餘價值；或如當他的臉貼著軍官的褲檔，經驗了瀕臨死亡的性愉悅。這種歐洲哲學式的悖論（存有 vs. 否定）、將馬克思思想挪用到生命意義的思索（深陷動盪時代的共產黨員竟如此細緻地思考剩餘價值的意義）、甚至出現了巴塔耶式的小說情節（交纏死亡、痛苦、性愉悅的極限經驗），都非常明顯地告訴讀者：這是朱嘉漢使用自己的哲學知識，填充進「潘欽信」這個歷史人物的軀殼，所構成的小說角色。

這些看似違和的設定，到了最終章卻變得十分合理：原來前八章的故事，都是潘欽信的三外甥阿寬的小說家內孫所做的虛構。這位和潘欽信有著遙遠血緣關係的小說家，因為家族間流傳的軼事、以及遺留下來的稀薄史料，得知潘欽信和他的三外阿寬等人的故事。但小說家所做的，不但不是講求真實的考究，反而是看似偏離真實的虛構——小說家在最終章承認自己虛構了潘欽信。然而，弔詭的是，正因為這些故事是虛構的，才讓這些曾經存在於過去時空的人物彼此串連，且直通現代。小說家娓娓道來自己取得歷史材料及虛構所有角色的心路歷程。通靈似地，小說家和所有既是虛構也是實存的人物，透過「虛構」這個行為構築了跨越時空和心智限制的對話及感應。

正因為潘欽信是如此層次上的虛構——一個立基於歷史事實卻摻雜大量後設虛構的存在——才使得全書最終，潘欽信躲在閣樓當中寫給未來小說家的信，得以成立。這正是「B（潘欽信）虛構A（朱嘉漢）」發生之時。《裡面》的最終章最後一節，是潘欽信寫的信，收信者是他所虛構的一個人，因為他需要那個他虛構的人，代替他思考，述說他的故事。而那個被潘欽信虛構的小說家，所說的關於潘欽信的故事、所形構的潘欽信的思考，就這麼銜接回全書的最開頭：也就是前述潘欽信躲在閣樓時，綿延的思緒及驚險的經歷。

最後一章接回第一章。被小說家虛構的潘欽信，虛構了小說家。小說虛構了歷史，歷史也虛構了小說。反饋迴路，於焉構成。

最後，讓我們再回到Escher的畫。

Escher的反饋迴路得以成形，不只在於「手畫手」這個意念而已。Escher的畫，更仔細地說，是手「在紙上」畫手。「在紙上」意味著，「手畫手」這個意念，具體落實在外部脈絡之中（紙張）；也意味著，手畫手這個反饋迴路，必須發生在一個環境當中（紙張），才會成立。

《裡面》的反饋迴路亦如是。《裡面》的敘事邏輯，就像「手畫手」一樣，是一種概念；而小說具體涉及的台灣歷史文化，則是承載「手畫手」的紙張。如果說《裡面》是一組反饋迴路系統，那麼台灣歷史文化，就是讓系統得以發生和運行的環境。並且，也是因為系統的運行——也就是《裡面》這本小說以反饋迴路所構成——才讓環境（台灣歷史文化）擁有更豐富繁華的模樣。

「系統」和「環境」的相互共生及辯證，正是德國社會學家魯曼（Niklas Luhmann）所提出的系統理論。如同魯曼所言，「系統透過那些組成它們的元素來進行自我生產，並且再生產那些組成它們的元素」，我們可以把這句話當中的「系統」，替換成「《裡面》」，並把「組成它們的元素」替換成《裡面》中出現的歷史人物和小說家。並且，這個系統（《裡面》）是以因果關聯性上開放的（kausal offen）方式，和環境（台灣歷史文化）產生關聯。也就是說，《裡面》和我們身處的台灣——在這塊土地上層疊的記憶、文化、歷史——互為因果。正因台灣的歷史如此交纏繁複，才能孕育出《裡面》這樣一部既虛構又真實的敘事；正因為《裡面》摻雜了歷史事實與小說家的虛構技藝，才讓台灣的歷史與記憶得以被述說，也因為被述說而得以續存。

朱嘉漢的小說系統，是以小說探問「虛構可以通往何處」。《禮物》是以純粹虛構，彷彿俄羅斯娃娃般通往無盡深處。而《裡面》藉著虛構真實，創造了時空的莫比烏斯環。歷史材料的裡面，是小說家的虛構，小說家虛構的裡面，是對於記憶的塑形。當我們抵達裡面的裡面，抵達這份記憶，卻又蟲洞般地，通往外部，通往我們所處的此時此地。這正是潘欽信最終的信，由遙遠的過去，所傳遞到的彼方。

而我們終將在此時此地閱讀《裡面》，再度掉入敘事迴圈，一如潘欽信將無限循環地走入小說家的故事中。

（林新惠，一九九〇年生。曾獲林榮三文學獎、打狗鳳邑文學獎。碩士論文《拼裝主體：台灣當代小說的賽伯格閱讀》獲臺灣文學館年度傑出碩士論文獎。研究主攻科技人文與生態人文。著有小說集《瑕疵人型》。）

---

1 我們必須認知到，這一段文字的討論，都是以《禮物》這本小說的邏輯來運行。也就是說，重點不在於現實朱嘉漢和虛構朱嘉漢之間的分際，也不在於小說中四個角色是不是真的組成讀書會，努力地寫作「非小說」；而是在於《禮物》以「給出禮物就會收到回禮」的意念，開展成如此虛構又虛構的繁複敘事。

2 A是小說家朱嘉漢，B是小說內的四個角色，C是四個角色寫出來的片段小說。

3 A是小說家朱嘉漢，B是歷史人物潘欽信。

4 這句陳述並不帶有任何價值評斷。這兩種敘事模式都是現代虛構與歷史事實遭遇時，時常出現的疊合方式。這句陳述只是指出《裡面》並不屬於這兩者。

附錄

小説家的對話

附錄

那些行方不明的故事
——賴香吟與朱嘉漢通信錄

二〇二〇三月三日

嘉漢：

稿子收到。

這類故事，固然該寫，但要寫出文學性，總覺不容易。但這幾年似乎有新發展。有機會先閱讀你的新作，我很樂意，該說謝謝的是我。請不要客氣。

小說預定何時出版呢？如果下週答覆，可以嗎？

香吟

二〇二〇三月三日

香吟：

我完全同意。妳上回講座所說的，我也有記在心裡（記得是回答提問的時候）。對我來說，寫作這件事，題材、材料不會是我考慮的優先事項。甚至覺得，我或許是不會苦惱於有無題材的寫作者。

似乎，好好思索問題，尤以小說的虛構的特性，對我而言才是重點。雖然屆時的文案、報導，可能會將小說歸類在台灣史、歷史小說等等。不過對我而言，考慮的只有小說。

這或許等到之後，我們有機會再聊聊。出版時間沒意外會在五月多，我想不用急著回覆。不必有時間壓力，若是剛好趕得上，願意掛名推薦那當然好。

總之，能這樣給你看到小說，就已經很開心了（嘴角已揚起）。

嘉漢

二〇二〇三月十三日

嘉漢：

小說讀完幾天了，勾起不少回憶，本想試著多說幾句，但本週歐洲疫情急升高，恐怕到四月下旬復活節假期結束，都無法自由工作。因此，如果你要我做書封推薦，是可以的。但也只能做到這裡了。

潘欽信這個名字，很久以前看過，但沒想過會在這種情況下讀到相關文字。不過，說起來，我並不覺得這份小說是所謂潘欽信的故事，而是我們好幾代人的……（的什麼呢？我甚至無法使用「故事」這兩個字。）

你指出的，我們自身看不見（盲點），自動銷毀而欠缺實感，的確是我思及台灣常感悲哀的部分。

我也同意你對沉默與安靜的區分，一個安靜的房間，過去的靈魂應該放在那裡（但還是不要上鎖的好）。

第六章：欽仁，令人詫異，不過，到第九之二，我可以被說服。
第五章之三：阿榮的妻，對我比較困難一點。
第四章：很厲害，你一定思考很久。倒是偷偷消遣簡吉與蘇新，使我笑出來。阿榮的悲哀，似乎還大過欽信。或者說，阿榮就是我們，真悲哀。

暫此。後續再聊。

香吟

二〇二〇三月十三日

香吟：

我能夠想像歐洲現在的社會氛圍，如同自己身處於那。應該說沒有人能置身事外了。疫情期間，煩請保重，也誠心祝福身體健康。

首先，感謝應允推薦，這對我來說已經相當榮幸，也真的是這本書的最好祝福。最近因為掛名推薦一事，所得到的閱讀意見，也在與編輯討論，或許這本書不一定要有推薦序。

有幾件事想跟妳分享，請自由看看：

1. 的確，這不是潘欽信的故事，在很多方面，我都覺得沒有還原的可能，也是我寫作必須提醒自己的。包括資料上、不願叨擾其後人上，最重要的還是我文學創作的選擇上。即便有些資料陸續出現，也覺得沒有必要塞進其中。

2. 也在這禮拜間，我決定把本書同樣重要，甚至更重要的「阿榮」改成「阿寬」。祖父榮寬，一開始取其「榮」字，是想像他的懷才不遇與在白色恐怖氛圍中，光榮黯淡、過往雄心熄滅之感。或是他引以為榮的學問，對舅舅的情感。但，也許改成「寬」，想像寬宥、寬容，可以擴展小說的意義。我在想這應該不是偶然。這小說也確實花許多情感處理祖父。譬如我真切的疑問過，為什麼祖父如此有才華，但是我家庭卻沒有文藝的素養在。或是我的父親在知道我要讀文組時，會詫異、憤怒、不解的反應。

小說裡有的人名都是真實的，而名與命之間的聯繫，一直構成我的人物描寫，譬如潘之妻廖盆，我的曾祖母潘笑，或是欽仁。這樣一想，也像是小說的人物掙脫了我給予的名字，改變了自己的命運。

改變的不只這點。我這本小說從二〇一九年的一月開始寫，前五章是一個月一章的速度寫完。後面四章是六月到八月中寫完。期間我一直按著設想的章節名稱與順序寫。所以即使自己忘了，我還是可以推算出，我在讀妳的《天亮之前的戀愛》是在我寫第三章到第四章的前後。或許真的隱隱有影響到，至少對自己文學的要求與判斷上，即便專注忘我，也有一定的影響。

但是唯獨第九章是意外。我原來的標題是〈絕後〉。我設想的敘事者，是誕生於一個充滿凋零與遺忘之家（我家族確實人丁不盛，我亦是獨子），且決定不要有後代，自我斷絕，同時將一直以來無人能述說的故事說出，且同時讓故事與敘事在自己身上終結。可是才一開始寫，就完全衝破自己的意圖，成了〈遠方的信〉。角色們也一一回歸對「我」說話了。

3. 對了，這題材雖然早在心中，但真的意識到要寫，是因為Kay作者注。可能祖父母早逝，而我父輩不擅長記憶與保留，我對歷史的認知只是知識上的。因為與Kay的相處，我好像終於有什麼東西醒了過來。對於那一代的有教養的家庭，對於那些沉默，突然有了真切的感受。

我確實覺得，除了我，再也沒有人能處理這個故事了。因為即使他的直系後人，或我的姪甥輩有興趣，有沒有跟那個世代的人直接相處過、談話過，在他們的回憶時光中沉浸過，差別很大。至少對我來說，像Kay這樣，即便在觀點上、記憶上未必能代言時代，可是當中有很珍貴的，屬於當時的「空氣」在。

大概就是這樣，當時第一本《禮物》寫了若干篇章，也不知道自己有沒有才能與機運寫小說，把這事放在心底，花了幾年詢問親戚、潘的親屬，而今天有了這小說。即使別人不會這樣看待，我還是把《禮物》與《裡面的裡面》一起當作處女作。如此才能寫下去。

祝安

嘉漢

二〇二〇三月三十日

嘉漢：

抱歉，這一陣子，因疫情打亂（嚴格來說，是停擺）的日常生活，能好好寫字的時間有限。試圖回想這部小說，整理因為這部小說所勾起的思緒，變成一件奢侈的事。

原本我想從蘇新說起。

在我剛剛接觸台灣史的時代，〈蘇新自傳〉，有段話使我印象深刻：「十七歲去日本，二十三歲回到台灣，但沒有回過家。二十五歲被捕，三十七歲出獄，足足二十年，才頭一次回到自己的家裡。回家一看，祖母和母親已經死了，四個叔父也死了兩個，他們家裡生活很窮。我回憶了二十年來的事情，像從一場長夢醒過來一樣。」

深刻，並非因為這段話可以如何引述作為研究之用，而是話裡的人生使我感到自己無知。這些過去的人，竟是與我們有關的嗎？何以我見不到蹤跡？即使只是文學生手，我也嗅聞得到那些直白的字句，有多少人生的況味。當時，蘇新何許人也，我知之甚少，但那段話被我錄了下來，開了一份待寫檔案：〈行方不明〉。

行方不明，你或許知道，就是日語裡「失蹤」的意思。這也就是我讀潘欽信為何想起上述往事的緣故。行方不明，伴隨後來我對日治時期知識人的摸索，我愈發希望自己能在那份檔案裡寫點不同於學術與史實的語言，就算荒煙蔓草也試試看能否踩出路徑，去接近、去跟上，對他們說：我理解了，然後，共同釋放曾經苦惱他們也苦惱我的記憶。

顯然，我沒有做到。即使後來我寫了一系列台灣作家的短文，但那畢竟是把範圍縮小了，縮到文學本身，只就已知事物重新敘述。我沒忘記，其他角落，燈照不到之處，還有很多行方不明之人；我沒有走到那裡。

你的小說，恰巧是行方不明的故事（可以這麼說嗎），你開放了去向的可能，但這個去向，可能，終究指向我們自身內部；行方不明的焦慮與思念，在時空之中變生意義。讀著讀著，我知道我走在新的路徑，我樂見，我們的記憶，走到這個境地。歷史人物的書寫，若非憑空捉摸，就是靠得太近，因為太想讓行方不明有個水落石出，而放鬆了文學的價值，不過，你無疑很在意後面這個文學價值。

你提到，阿榮改成阿寬，我感到更好。榮寬、榮讓，要義確實在寬與讓，你的曾祖父添新、曾祖母潘笑，這些名字，事後想來，竟然都有意思。

我能理解第九章的意外。對，老掉牙的話，是材料有其生命力，但我覺得你說：「完全衝破自己的意圖」，更為誠實。或者，我現在會這麼想：創作將把我們打撈回來。

香吟

二〇二〇三月三十一日

香吟：

疫情嚴峻，還是先祝福一切過去。然而，讀這封信的時刻，應該是我這一個月來最平靜也最欣喜的時刻。於是才發現即使在寫作、讀書、上課，甚至發呆，疫情爆發以來心都是不安靜的。而文學確實能把人打撈起來。

對於作品被妳這般看待，我感到相當榮幸（不是客套）。最感動的地方在於，一直以來，如我這般摸索期特別長的人來說，是無法同時思考自己的創作，又同時思考台灣的文學與文學史的。我甚至在某種必要的專注，內在的探問中，告訴自己，絕對不要在創作時（內心構思及寫下時），一面預設這對台灣文學是否有意義、會如何被看待。這樣說吧，也許真的還要點時間。思考台灣文學的過去、現在、未來時，我無法同時思考自己的作品，反之亦然。這些話我珍惜地收下了，並會繼續思考著。

關於名字的問題，的確，小說裡所有人物的名字都是自真名擷取下的。這些名字像是線索，讓我去感受，讓我試圖去認識他們，也讓角色認識自己。

另外想說的是，感受。這也許是我在寫作這本小說時被贈與的禮物了。確實就是感受，而不是想像。想像有夠不夠具體，憑空或有依據，貼不貼近的問題。感受這件事對於我來說，是能否感受到，強烈與否，以及感受到了什麼的問題。但至少，認真的去感受，把自己交出去，就無所謂真假問題。我是不太能憑空想像之人，舉例來說，對於潘笑，我有的資料大概是「矮小，在孫子輩如我父親的眼中是完全沉默與足不出房之人，然後沒有笑容」。她是所有角色當中資料最少的，但即便如此，這份把自己壓得極扁平，後半生都在沉默孤獨中度過（跟小說裡一樣，曾祖父在二二八前夕過世），這還是可以感受到的。這也大概回答我多年想說卻不知道怎沒回答的問題，對我來說，虛構這件事，不會是幾分真、幾分假的問題。真的要我回答，我寧願說，全部都是虛構的（但基本上最好不必回答，也不需要回答會去這樣問的人）。大抵上，就是在文學的空間裡，我才能如此感受，而且是在創作的過程中才能感受，如果我沒進入創作該有的狀態，也會被排拒。或再換個說法，作者真的也是被他所寫的作品召喚出來的。

最後，分享一些照片：

1. 潘欽信與廖盆的結婚照。

很奇怪，明明蒐集了好幾年資料，在去年要動筆前我爸才突然想起，小叔家的家族相本有潘欽信的結婚照。因為我爸他們記憶中只見過「三妗婆」廖盆，以及沒看過的三舅公。即使後來知道他原來就是潘欽信，但真的沒有連結一起，這種遺忘，確實也被我「感受」了。

另外，因為我爸他們記得廖盆的臉而確認這張照片，我則是從歷史檔案知道潘欽信的樣貌。這張臉還滿能抵禦時光的，但還是滿開心能找到這張，或許世間只剩我們家族有保留（但為什麼我們這一系會這麼珍惜、又遺忘呢？）順帶一提，陳芳明老師寫《謝雪紅評傳》時，有在美國見過廖盆，當時應該是去探問她在夏威夷的四女兒。

潘欽信與廖盆的結婚照。

2. 家族合照。

家族合照，畫面最中間偏左的女子是潘笑，右二的男子是添新。

很多故事我無法硬塞入小說，也是不想打擾還活著的人。譬如潘的女兒有在美國見過簡娥。廖盆除了一人靠著舶來品買賣撫養四位女兒外（這非常神祕……），女兒回憶，每年過年，都會邀蔣渭水的孫子來住幾天。她對於我的祖父的照護也是真的，再來就是她確實是我父母結婚時的好命婆，也是唯一請她擔任的。

所以資料雖然瑣碎，感受一下，還是很有滋味的。

再聊，總之能與妳通信，很多事情我終於能夠更清楚去思考與感受了，內文談及小說的部分我能否與編輯分享？感謝。

嘉漢

二〇二〇三月三十一日

嘉漢，

謝謝分享照片。

說來，我是沒有（來源可意識）家族歷史的人，也沒有這類家族照片，那種影中人與自己相關的感受，會有多奇異？我不可能真正知道。

就這一點來說，你的確是被贈禮（雖然這禮物的代價實在是太……），但也透過文學還禮了。

如果你覺得通信內容有意思，比起局部摘錄，容我建議，是否乾脆以通信方式收錄書末？

我可以再聊聊關於Kay。

香吟

二〇二〇四月一日

香吟：

如此甚好，但我們就自由去談，屆時再看如何呈現。通信的形式，說不定比推薦序更適合這本書，成為另一個令我意外的「遠方的信」。

說到家族照片，我忍不住想分享這張。這是我的外公，我想妳對歷史的理解比我更深，應該能看出這張照片的脈絡，是他太平洋戰爭入伍前所攝。這張照片，不是家族相本裡找到的。這張照片的留存，是在他過世前兩三年（大約八十歲吧），沒有病痛也沒有特別大事，就自己去相館翻拍照片，給我媽這邊的小孩一人一張。

這是我這封信想談的。除了照片之外，我最有感受的，想去追問的，是這樣的記憶如何被保留的呢？為什麼外公會想在這時候突然做這件事，像是某種紀念，給每個小孩？那張照片的時代、年輕的樣貌，都是這些小孩沒有經歷過的（我好像說了廢話）。那像是《明室》裡的「冬園」照片，透露了父親某種本質嗎？他希望孩子們如何去紀念？而到了我手中，他會希望我怎麼理解呢？當然這也是《裡面的裡面》，我所思考過的問題的反面（但其實是同件事）：遺忘的形式是如何的呢？為什麼如此沒有傷、沒有壓抑、甚至我父親他們沒有意識到？直到很久以後，才恍然大悟，那個天天要鎖門、疑神疑鬼說被跟蹤的父親、懷才不遇的父親，「可能」遭遇什麼事。我在想，這樣的故事，或許還存在很多的家庭之中，這是我自己對白色恐怖粗淺的、卻想盡可能以自己家庭材料去問得更深的問題。

於是，這隱喻也出現在小說的開頭，最初的意象（我很倚賴一個最初意象開展小說，至少這兩本）：遺忘的痕跡。抹去痕跡的痕跡，試著沿著這些巨大的遺忘（包括我訪談潘的女兒們），沉默的痕跡，空缺的痕跡。那個把自己足跡也抹去的失蹤，自己也忘記有祕密的祕密。

最後說到Kay。我在想，妳或許是最適合與我談論的。我認識她甚晚，就在二〇一五年，留法的最後一年，所以我也能清楚猜測妳與她也是那年相遇的。其實，雖然寫了一本家族史，也應該會有另一本（關於母系家族的，暫定《外面的外面》），是截然不同的複雜故事），可是我跟祖父母不親。除了早逝、失智等原因外，還有些難以用這封信交代的原因。而卻是Kay，不僅願意、樂意與我們這些異鄉的小輩毫無距離的交友（她真的童心未泯），還是一個記憶、經歷豐富，而且是天生的說故事者。儘管她的政治立場如妳所知，譬如她也曾因為否認有慰安婦而跟一位非常親近的留學生吵架。不過，她確讓我有某種「啟蒙」之感，也從她身上，我開始感受祖父在白色恐怖時代所感受到的是什麼。

寫到這裡，忍不住想，說不定一切偶然不是偶然。包括去年那回見面（我請了當天也在現場的年輕小說家洪明道寫序），包括與Kay的連結。當然，包括我們因為這本書的聯繫，我感覺，妳所看到的部分，是這本書相當需要的。所以十分感謝願意收錄書信來往，確實，比起推薦的附加性，這整個通信對話，我真心感到是這本書的必要部分。

但且保重，不需急於回應，也無須擔憂出書的時程。在這通信裡，我們應都沒有表演的壓力（也因此我終於能談這些）。

祝好

嘉漢

二〇二〇四月十三日

嘉漢：

我喜歡那張外公的相片。一個臨死之人，希望自己那般地被記得。很乾淨，但又有更多的什麼。那將是你的下一本小說嗎？

沒想到年齡、經歷相差甚多的我們，會在Kay這個人物上有小小的交集。沒錯，我確實是二〇一五年認識她的，但非常有限，遠遠不及在巴黎的你們。我甚至不知道Kay的全名，只因那年有事去巴黎，朋友介紹，便在她家租住了一個星期。

她的小房子，簡單、時差，就和她的人一樣，看得出講究、風華，但已經因為沒有更新而顯得陳舊。那時她精神還不錯，我很快察覺到她是一個有故事的人，然而那次行程我也有我自己的故事。我們禮貌互不打擾，若有交談，談的都是西方的事。直到行程後兩天，晚上，她邀請我到她的房間去和幾位來拜訪的台灣學生喝茶吃點心；在那之前，那扇門很少打開。一進去，我才知裡頭另有天地，起居室的擺設、氣氛，讓我由二十一世紀的巴黎忽地落入二十世紀中葉的艋舺，然而，畢竟陌生、匆匆，我蜻蜓點水聽了一些她的故事，夜晚就結束了。

離開的那天早上，Kay提早從房裡出來，詢問我們接下來的行程，說了道別的話。那時是春天，早上陽光很美，我們請她站在窗前，說要替她拍張照。

她顯得不好意思，笑得靦腆，像少女一樣。

後來的事，就像你知道的，我沒有機會再見到Kay。那張宛如少女的照片，我也沒有來得及寄給她，因為我預備著下次再去巴黎的時候，讓那張照片像按門鈴似地，叮咚，問：還記得我們嗎？我們可以再去拜訪你嗎？

被遮蔽的沒有來得及揭開。想說的沒有來得及說。想問的也沒有來得及問。我身邊沒有像Kay這樣的人物，家族系譜沒有時代故事，家人也沒提過政治，可以說，是一種被時間抹淨的空白狀態。即使我後來讀了台灣史，卻一直沒意識到可以把史料裡讀到的台灣，和自己的生活圈聯繫起來。比如說，我直到中年，祖父早就去世二十餘年後，才忽然腦筋一轉，自家祖父不就是和呂赫若、葉石濤差不多年紀的世代嗎？為何我連一次也沒想過和祖父聊聊所謂日本時代？這麼直接的關聯，卻從來沒有從我腦裡跳出來，很荒謬吧。

我們是遺忘的產物。一代一代沖刷。即使線索被提起，事物被出土，情況已經演化成你小說裡形容的：「這些都在你面前，你卻建立不了這些事物彼此的關係，以及與自己的關聯。」

之前的信提過，這是我思及台灣常感悲哀的部分。一捲無法被沖洗出來的舊底片。即使想盡辦法把底片沖洗出來，辨識那些面目模糊的人事地，但總屬於歷史範疇的事。你說無法同時思考自己的創作又同時思考台灣的文學與文學史，我理解這種感受、這個過程，甚至我至今仍在這個過程裡。

回到蘇新來舉例吧。我當年把那些句子記錄下來是基於文學的嗅覺，或是，你說的「感受」。那些敘述，即使不由蘇新，而由其他人口中說出來，我同樣都是會被吸引的。是內容與感受的問題，而不是人物身分的問題。

可是，有感受要做什麼？能寫嗎？如果那是真實人物，也是真實發生過的事，我能這樣那樣地寫嗎？蘇新跟我心裡想說的文學語言要怎麼兜在一塊？我沒有辦法清楚回答。

蘇慶黎（蘇新之女）過世後，我讀到一些文章，又偶然找到唐香燕的部落格，看她寫蕭不纏（蘇新之妻），很難忘。原來蘇新只是起點，一顆丟進湖心的石子，我被打動的是時代翻弄下的人，「行方不明」仍得繼續的人生。若從這個角度，之於我，恐怕蕭不纏要比蘇慶黎、蘇新更適合作為故事的核心。

（附帶一提，你的小說一開始，角色廖盆，使我很快聯想到蕭不纏。蕭也是醫院裡的看護士。另，你看，「盆」與「不纏」（捨棄、不要的意思），都是多麼隨便的名字，卻由她們承接餘生。）

主體本身敘述出來的故事，不一定是我們（文學）要的故事。有些故事也未必會被主體自身知覺，遑論訴說。

唐香燕寫了她看見的蘇慶黎、蕭不纏，那些形象，不僅資料不得見，可能連作為對象的蘇、蕭二人，自身都不一定看得見。回到kay，她留給我的形象，最深刻在於那個臨別的窗前。她不會知道我看見了多少。白色蕾絲窗簾，蒙馬特的早晨，與漂泊同樣殘缺的餐盤，衰老而慎重的化妝，少女的笑容。我不知道自己有沒有能力與時間去寫她（或僅僅只在哪些片段寫到她），如果我會，必然是前述意象的觸動，也必然得花時間去弄明白她實際經受的台灣政治、個人生涯，但你知道，那是前端的事，之後，我們仍得自己漂流，想辦法往文學的海岸靠近。

我逐漸明白，思考創作（自己所能寫）與思考外部（那應寫的），是同一回事，終究會走到同一回事。難度在於能力與時間夠不夠——會這麼說，意味我自知不足，以前是能力，現在是時間。我讀到你的小說的時候，生起一絲類似我讀到唐香燕文章的心情

（我知道兩者完全不同，請容我借喻），心裡那段行方不明的歲月，似乎傳來回音。我依然感到懷念，但懷念是無濟於事的。你的小說讓我覺得至少對「無濟於事」做出了什麼。

關於遺忘。與其說這部小說是試圖想起來，或要把遺忘的內容加以補充，不如，反過來說，是直球對決於「遺忘」。如果說我輩曾經因為遺忘而不會寫，不具有資格寫，那麼，現在，遺忘也是可以寫的，應寫的。你所謂遺忘的痕跡。

遺忘怎麼寫呢？遺忘已經淡了，沒了，何來痕跡可寫？

從創作者的位置，坦白說，我是一個理論戒慎的人，至少，我堅信，理論是其後的事。你在最末章提到理論這項工具，你說：「如果你並沒有切身之痛，理論的威力不過是種智力的消遣。」

給人極端嫻熟於文學理論的你，寫出這樣的句子，是好坦誠的自省。而我也想坦誠地說，這篇小說讓我對理論的介入，降低了敵意。在處理這團記憶的無能，行方不明的路途與形狀，理論可以創出一些路徑，訓練我們思索機警，讓詞彙進一步琢磨，變形著接近我們想說出來的感受，讓我們「看見」也「使人看見」，在失憶與無感之中匍匐前進。

這種理論美好（？）的效果，放諸我們個人智識的成長，進入這本小說的難易度，都存有你說的前提：只發生於「有切身之痛」的情況。切身之痛，講的好像非得是當事人或關係者（如你作為潘欽信的關係者）才須追究，才能發言，但，事實上，台灣島上我們已經走到這樣的時代——關於記憶如何想起？未來走向何方？幾不可能有誰可以聲稱無涉且無辜，無論你記得的是哪一種生活經驗，你同意的是哪一類政治看法，同樣無法在現實裡心想事成，願有所歸，而是常被幻滅、誤解、衝突所籠罩——我們都成了「有切身之痛」的人。

第九章是贈禮，感受是贈禮，切身之痛也是贈禮。新的敘事既然來了，切莫終結。

讀稿以來，時代劇變，過往今昔想了不少，但一時間很難多說，信就先寫到這兒吧。

平安。

香吟

二〇二〇四月二十日

香吟：

在閱讀妳的信時，我感覺我「看見」那張Kay的照片。當然，這種看到，不比親眼所見，可以拿在手上端詳，當然也不像現在可以在觸碰螢幕上，拉開拇指與食指的距離，成為一個「7」狀，窺看更多的細節。自然也不比腦海中的記憶。然而我彷彿「看見」了。

曾與Kay談起二二八，我談到家族裡流傳的那個故事，窩藏過的那位台共。她當時聯想到，事件發生時，他的父親趕快讓還在讀高中的長子、次子回家，把他們藏在家裡的榻榻米底下，直到事件過去。一面說，她在我們面前，坐在椅子上，縮起身子，像顆蛋一樣，把自己縮得非常小。

那時候，我也彷彿「看見」了：信仔很模糊的身影，在閣樓現身。我很早就知道，如果要寫小說，會從那裡開始。因為，那其實就是整個家族流傳的版本中，幾乎是唯一的、靜止的敘事了：二二八的時候，一位共產黨親戚，窩藏在屎溝巷那棟樓的閣樓裡。其他的，則是支離破碎。

換言之，那個角落，是故事的反面。與其說是個開始，不如說是終結的意象。乍看是藏著故事，但一切其實凝固在那裡，「那裡曾經窩藏過台共」之下並沒有展開故事的空間，而是反故事的，甚至反敘事的。

香吟，我其實覺得，我們的家庭面對歷史的方式，沒有太大的不同，我猜想台灣許多家庭可能都是如此。我們是沒有「切身之痛」的。

我的父親那代的歷史感匱乏與斷裂，到了我自身可能更嚴重。不僅是小說裡提到的，對於台語的陌生。我從小可能對於親屬、親戚都懷有恐懼，尤其那種叫不出稱謂的遠親。對於家族的故事，都是懷著距離、有點厭煩、感到無趣的情緒聽來的。原來想作為尾章的〈絕後〉大抵上也是這樣的心情：作為獨子的我，說這個故事，並沒有傳承之意，讓後代可以憑藉記憶。而是我想，關於家族的這些故事，本來該被遺忘，也終被遺忘的。

不過，轉念想，妳說得對，這種無感、厭煩，在生命的某個階段，或是透過文學、史料、理論的洗禮後，稍微感到「切身之痛」了。每個人的歷程或時刻不同，以我而言，也許真的是在異鄉的那八年覺醒的。寫信的當下，突然想起以前讀到的「我的傷口先於我而存在，我誕生是為了肉身化它」。寫作的過程，似乎也是如此。

我很難解釋——因為我可能也沒完全想通——為何Kay能夠喚起我的感受性。但我可以稍嫌粗糙的猜想去回答：那個折疊窩藏的意象，看似結束了，無法再談論了。可是Kay卻經過那麼久的時光，在我們奇妙的相遇當中，贈與給我。她似乎表示著，故事其實沒有結束，經歷過那些事件，她的往後人生其實還很精采。

我想到一些小事。我家那套前衛出版社的台灣作家全集，是我從法國帶回台的。書的主人是Kay的好友，也到了要與醫院為伍的年紀，心想這些書也看不成了，所以想要贈送給人。在她家的客廳，她們海外的台灣人的往事及其龐雜，其中許多愛恨情仇像是古典家庭中的風暴。誰跟誰絕交了，誰背叛了誰，誰跟誰又和好的，搭配很隱晦的，談論到一些密告者，我感覺那是有故事的，可是別說有沒有辦法寫，那對我而言是無法記憶下的。拜訪完畢，我將套書塞滿了買菜推車，步行到車站。等著進巴黎的RER時，她看見最上頭的封面正是呂赫若集。她用日文唸出他的名字，簡單地告訴我們，當時是不會用國語叫的。然後她眉飛色舞的說起呂赫若，說她的姊姊會帶她去看演出，聽他拉小提琴、彈鋼琴。以時間推算，或以他們的家族的文化資本來看，這並不奇怪。但是，一直以來，呂赫若的名字，對我而言，就是名字、史料，或者是那張俊美無比的照片。Kay的回憶裡卻是活生生的，身體感的、音樂感的。很奇怪，我當時感覺到的，是彩色的。

我想我也是一樣，更關注的，可能那些「行方不明」之後的故事。也是那些人的餘生，阿寬也好、廖盆、潘笑、欽仁等，他們的餘生，儘管也是被吞沒在巨大的沉默裡，與自己謹守的那份安靜裡。他們將故事帶向更遠處，即使遺忘，即使他們絕口不提（譬如我的祖父寬真的不曾提過三舅），也會藏在他們自身的故事裡。所謂裡面的裡面。我同意，比起蘇新的餘生，不纏的故事，可能在我心中會造成一個漩渦。

甚至，容我僭越一點的說，關於「それから」（其後）的事。

寫完《裡面的裡面》至今，得到了許多珍貴的意見與討論。儘管知道，沒辦法寫進來的比寫進來的多，也有某種惆悵——寫作之前總以為可以做到很多，將這故事寫成氣勢滂礡、結構繁複，至少想展現更多思考與話語的辯證。最後，在與作品的未知不斷追尋、協商、傾聽、感受，試圖去描繪、說出之後，作品完成。意思是，不是我完成作品，而就是那麼簡單，作品完成。我不必是這句話的主詞，我只是意識到了，然後交出去。在這裡，我必須坦承面對作品，而非二度加工（也是某種巴托比的「寧可不」？）。改稿時，也把過程中有點勉強、用力過度的部分抹去了。

在寫作之前，我也曾將自己想像成各種喜愛小說家的樣子，經過了這兩本小說的完成，我大概也知道自己不是過往所期望成為的那種小說家。「我終究沒有成為我想成為的小說家」這個想法，才是我可以再用人生有限的往後數十年，去投入小說這件事的該有的體悟了。

但我相當感謝，書稿完成以來，無論是妳，或是編輯、其他的推薦人的意見交流，竟讓我在出版之前，能更坦然交出作品，讓它在時光中流轉，而不必多去解釋什麼、說明什麼，這原不是作者該做的事。可是我可以起身了，新的敘事也默默地綻放了。

也許以一本書的物質層面，這般的通信對話只能寫到這。可是我想信本來就是寄往遠方的，書信的來往本來不該有壓力與限制。疫情當前，時局的變化確實不易言語，一個多月來的通信是我內心相當安靜的時刻，信還沒寄出，已經開始懷念。

祝好

嘉漢

作者注：Kay是台灣第一位醫學博士呂阿昌之女，其故居即今日剝皮寮歷史街區。她雖然受過良好教育，大學畢業後也進入外交部工作。唯獨無法認同當時的政治氛圍與本省人的壓抑，於一九六八年隻身一人來到法國。長年以來幫助數代台灣海外留學生，提醒被掩蓋的歷史，例如盧修一就在留學期間受到她鼓勵而研究台灣共產黨。

我在二〇一五年時認識了Kay，成為她在巴黎蒙馬特最後一批免費日文班的學生。同年，因朋友牽線，賴香吟旅遊法國時借住於Kay的公寓。信中提到的留學生拜訪，我本來也有受邀，不過覺得唐突便回絕了。

即便如此，透過作品以及Kay，我們還是聯繫起來了。時光與記憶也在此贖回，並如投遞往遠方的信那樣悠長。

AKP0300

裡面的裡面

作　　者—朱嘉漢
執行主編—羅珊珊
校　　對—吳如惠、羅珊珊、朱嘉漢
美術設計—黃子欽
行銷企劃—王小榉

總 編 輯—胡金倫
董 事 長—趙政岷
出 版 者—時報文化出版企業股份有限公司
108019台北市和平西路三段二四〇號四樓
發行專線—（〇二）二三〇六六八四二
讀者服務專線—〇八〇〇二三一七〇五（〇二）二三〇四七一〇三
讀者服務傳真—（〇二）二三〇四六八五八
郵撥—一九三四四七二四時報文化出版公司
信箱—10899台北華江橋郵局第九九信箱

時報悅讀網—http://www.readingtimes.com.tw
思潮線臉書—https://www.facebook.com/trendage/
時報出版愛讀者—http://www.facebook.com/readingtimes.fans
法律顧問—理律法律事務所　陳長文律師、李念祖律師
印　　刷—勁達印刷有限公司
初版一刷—二〇二〇年五月二十九日
定　　價—新台幣三五〇元
（缺頁或破損的書，請寄回更換）

時報文化出版公司成立於一九七五年，
並於一九九九年股票上櫃公開發行，於二〇〇八年脫離中時集團非屬旺中，
以「尊重智慧與創意的文化事業」為信念。

ISBN 978-957-13-8213-5
Printed in Taiwan

裡面的裡面 / 朱嘉漢著. -- 初版. -- 臺北市 : 時報文化, 2020.06
面； 公分. --

ISBN 978-957-13-8213-5 (平裝)

863.57 109006504